～畏れながら、
ご所望の
偽護衛騎士は
妻を溺愛
しております～
姫様、無理です!
2

MELISSA

姫様、無理です！2
～畏れながら、ご所望の偽護衛騎士は妻を溺愛しております～

竹輪

Illustrator
三浦ひらく

この作品はフィクションです。
実際の人物・団体・事件などに一切関係ありません。

姫様、無理です！2
～畏れながら、ご所望の偽護衛騎士は妻を溺愛しております～

MELISSA

1　その夫婦は異国で羽を伸ばす——時に互いを知るのには変化も必要である

親愛なるフェリ様

ご機嫌いかがですか？　お陰様で私は無事に男の子を出産いたしました。妊娠したためにリーズメルモ国から少し早く帰国したことは今となっては残念でなりません。フェリ様とお友達になる前は早くロネタ国に帰りたいと思っていましたが、フェリ様のお陰で楽しく過ごすことができました。今思えばもっとおしゃべりしたかったと思いが募ります。フェリ様に息子の名前をお伝えしたかったのですが、ゼパルがダメだと言うので言えません。でも、すぐにわかることですから楽しみにしていてください。

貴方《あなた》の親友セゴアより

半年前にロネタ国に戻られたセゴア様からお便りが届きました。産後しばらくは文も途絶えていたので心配していましたが無事に男の子を出産したとのこと。もちろん、王子のご誕生は先の知らせで知っていたのですが、こうしてセゴア様から直接お便りをいただくのが何よりも嬉《うれ》しいです。

ローダも二歳半になり、しっかり歩くようになりました。未《いま》だ目の中に入れても痛くないほど可愛《かわい》いと思えるローダですが、ふにゃふにゃとミルクの香りがする、生まれたての赤ちゃんだった時期を思い出すと、もう少し楽しみたかったと残念に思う気持ちもあります。

セゴア様の赤ちゃんはとても可愛いに決まっています。将来、ゼパル様似でもセゴア様似でも美男になるに違いありません。それにしてもどうしてお名前を隠しているのでしょう。考えているとふわりと肩にショールがかけられ、大きな温《ぬく》もりが私の体を包みました。

「こんなに遅くまで起きていたのですか？」

「ラメル様」

「フェリ」

不服そうなラメル様の声を聞いて仕方がないと言い直します。

「ラメル」

呼び捨てにするとそれが正解だと言わんばかりにギュッと抱き込まれます。そのまま後ろから肩に顎を置くように頬を寄せられるともう何度も情を交わしたというのに心臓がドキドキと跳ね上がります。

「ああ、セゴア様のお手紙ですか」

「ええ。お元気そうで嬉しいです。出産のお祝いを考えて何度も読み返していると、こんな時間になってしまいました」

「そんなことを言って、毎日、私の帰りを起きて待ってくれているのでしょう？　先に寝ていてください。体を壊してはいけません」

「……待ってはいけませんか？　少しでもラメルの顔が見たくてしているのですから」

「はあ……可愛いことを言わないでください。まったく、貴方には敵《かな》いません。くれぐれも無理はしないでくださいね」

そのまま、頬にちゅっとキスを受けます。もう、本当になんでしょう、この甘さは。すると目の前に酒瓶が差し出されました。

「なんですか？」

「ちょうどゼパル王子からワインを贈っていただいたのですが、少しだけ付き合いませんか？」

「では少しだけ」

ラメル様の腕から抜け出してワイングラスをテーブルに用意します。

セゴア様の手紙と同時に送られてきたのでしょうか。ラメル様がコルクを開けるとふわりとフルーティな香りが部屋に広がりました。透きとおるような美しい赤紫色で年代を見るとどうやらワインは今年出来たてのもののようです。

「あら。この銘柄の『ラシード』って……。そう言えば、セゴア様のお手紙にお子様のお名前は楽しみにしていてくださいと書いてありました」

「ゼパル王子の手紙にもそう書いてありましたけど、こう、堂々とラベルにしていると種明かしでもなんでもありませんね」

「ふふふ。でも、なんだかゼパル様らしいですね」

「酒好きですからね」

「少なくともいろいろとご準備をなさって作られたのでしょう？　それだけお子様の誕生を喜ばれていたのですからセゴア様も嬉しかったでしょうね」

「ワイナリーを買い上げたらしいからね。私も見習った方がいいかな？　ローダはもう無理だから次の子が出来たら真似《まね》しようかな」

「ラメルはそこまでお酒好きでしたか？」

「……ワイナリーはさすがに手に余るかな」

「管理が大変そうですよ。子供は愛されて生まれてくるならそれでいいと思います」

チン、とグラスを合わせてまずはその香りを楽しんでから口に運びました。少し甘めなワインが口の中に広がります。

「甘めですね」

「そうですね。女性向きなのでしょう。セゴア様の好みに合わせているのでしょうか。なんだか、ごちそうさまって感じですね」

「やはり、ワイナリーを……」

「ラメル、私たちはもう手一杯ですよ？」

ただでさえ宰相補佐という忙しい立場にあるラメル様はサージビーニの領地経営にも配慮してくれています。これ以上の経営だなんて忙しいラメル様の体が壊れてしまいそうで心配です。ぴしゃりと言いすぎたのか少しばかりシュンとした雰囲気のラメル様。最近、私もラメル様の感情に随分敏感になってきたように思います。

「ラメルの気持ちだけでもう胸がいっぱいです。いつも、私やローダのことを想《おも》ってくれてありがとうございます」

そう言って向かい合わせに座ったラメル様を眺めます。今夜もとても美男子です。お酒が回ってきたのか目尻も少し赤く染まっていて色っぽく見えてしまいます。

「フェリ、明日の予定は？」

「明日ですか？　明日は特に……あっ」

ワインを持っていた手をラメル様の大きな手で覆われてしまいます。そのままグラスを机に置くように誘導されると、カタリと椅子から立ち上がったラメル様の唇が下りてきました。

「ん……」

ラメル様の舌が窺《うかが》うように私の舌を探るのに応えるとキスが深くなります。

「フェリは甘い……」

私の唾液をすすったラメル様の顔が離れていき、お酒のせいもあってポーっとなってしまいます。

その間に近づいてきたラメル様が私の膝裏に手を回すと易々と抱き上げてしまいました。

「ラ、ラメルは明日もお仕事ですよね？」

「明日は昼からの出勤にします」

そう言いながらベッドに降ろされると流れる動きでドレスのリボンが外されていきます。もうラメル様を待つだけだからとドレスの構造も簡単なものを着ていました。つまりとても脱がしやすいのです。

「ああ。やっぱり貴方は髪を下ろした方がよく似合う」

ベッドに広がった私の髪を一房とったラメル様がそれにキスをします。お酒が回ってきたのか体が熱く感じます。

ああ、ダメです。見惚れてしまいます。

カッコよすぎて拒否できないのです。

いつまでたっても見慣れません。

シャツを少し乱暴に脱ぐその仕草はとてもセクシーで、宰相補佐をしているというのに美しく筋肉のついた身体《からだ》にうっとりしてしまいます。思わず胸板に手を這《は》わせるとピクリとラメル様が反応しました。

「どうかしましたか？」

どうしたと問われても、ポーッとして自分の旦那様に見とれていただけなのです。言葉に詰まった私を見てラメル様が人差し指を私の唇に這わせました。

「見とれていたのですか？」

その言葉でボッと火がついたように顔が熱くなります。

「……え。本当に？」

ラメル様は冗談で言ったようですが図星すぎて恥ずかしくて堪《たま》りません。視線を避けるように横を向くと声も出せずにコクリと頷《うなず》きました。

「ああ、もう、貴方は本当に可愛いな」

言いながら私の服を脱がすスピードが速まった気がします。

「あの、その、前々から思っていたのですが、いつ鍛えてらっしゃるのですか？」

「体ですか？　定期的に動かしてはいますが、鍛えるというほどのことはしていません。とは言っても、ジョシアの隣に立つと決めてからはそれなりの体術を身につけています」

「そうなのですか」

「フェリは体を動かすのは好きですか？」

「田舎者ですから昔は野山を駆け回っていましたし、運動は嫌いではないですが……」

会話をしながらもラメル様の手は止まりません。すっかり下着姿にされて不埒《ふらち》なその手は下着の下へと潜り込んできます。

「ふふ。野山を駆け回る元気な貴方も見てみたいものです。ああ。柔らかくてどこもかしこも心地いい」

胸を持ち上げられるように優しく掴《つか》まれると息が上がります。私の反応を見てラメル様の指が乳首をはじくのでその刺激で体が跳ねてしまいます。

「んんっ」

そのうちずらされた下着から現れた乳首をパクリと口に含まれて舌で転がされると軽く噛《か》まれて体が震えます。その姿をラメル様は楽しんでおられるようで上機嫌なのが肌で伝わってきました。

「ジョシアが仕事をサボるので貴方の肌が堪能できていません」

「んあっ……」

「フェリ……私が贈ったナイトドレスは気に入りませんでしたか？」

「ナイトドレスで待っているなんて……風邪をひいてしまいます」

「なるほど。ではガウンが必要ですね」

「へっ？　そ、そうではなくて……あっ……そんな、いきなり、深いいぃっ」

咎《とが》めるようにラメル様の指が私の秘所に差し込まれ、膣《なか》を探ります。最近忙しいラメル様とは過多なスキンシップはあっても、体を繋《つな》げる回数は減っていました。いえ、これまでが頻繁すぎたのです。

盛り上がってしまうと何度も、なんて珍しくありません。ラメル様は事あるごとにナイトドレスや最近は下着まで私に贈ってくださいますが、正直身につけてもなんの意味があるのかと疑うようなスケスケのものや奇抜なデザインがあり、その、恥ずかしいようなデザインばかりなのです。そうなると必然的にラメル様に見られないような日は普通の下着を身につけています。当たり前です。

「では、下着は？」

「あっ、あっ」

知りつくした指が私の中で暴れ回り、だらだらと愛液が零《こぼ》れます。クチャクチャと大きくなる水音が部屋に響いて聞こえて、体中が熱で沸騰するようです。

「ラ、ラメルが用意してくださるものは……少々過激で」

「ですが、私が贈ったものをいつでも身につけてほしいのです」

「んっ、んはぁ……ぜ、善処いたします……からっ……やっ、乳首噛まないでぇ」

「貴方が清楚《せいそ》なドレスの下に身につけてくれていると思えば、ジョシアの我がままにも耐えられます」

……それは、か、関係ない。関係ないです。

もう少しで達するところでラメル様が指を引き抜いてしまいました。ハアハアと肩を上下に揺らしながら切ない思いでラメル様を見上げると先ほどまで私の中を翻弄していた指を見せつけるように舌で舐《な》めています。

いったい、どこでそんなことを覚えてくるのでしょうか。体の中心が切なくてキュウキュウ収縮して足りないものを求めます。余裕そうにしているラメル様も興奮しているのはわかっています。立ち上がったそこに手を伸ばそうとするとラメル様の手に阻まれました。

「欲しいですか？」

壮絶な色気をふりまきながらそう言われるとコクリと頷くしかありません。ラメル様で切ない空洞を早く埋めて欲しいのです。

「欲しいと言って、フェリ」

「……欲しいです」

「何を？」

「え？」

「誰の何を、誰のどこに欲しいのですか？　ちゃんと教えてくれないと」

「……っ」

にゅるり、と私の愛液を纏《まと》わせてラメル様が先端を入り口で往復させます。じらされて堪らなくなって目尻に涙が浮かびます。

「ラメル様の……高ぶりを……私の、その……」

「私の？」

「ううっ……い、意地悪です……」

ラメル様に訴えたその時、剛直が一気に押し入ってきました。

「きゃうぅ」

悲鳴のような嬌声《きょうせい》が上がって思わず口を手で押さえます。そのままラメル様は私の腰を両手で押さえながら腰を打ちつけてきました。ズチャズチャと激しく水音が鳴って、快感で頭が真っ白になります。

「い、意地悪って……か、可愛いっ！　フェリ！」

今度は片足を上げられてラメル様の肩に乗せられてしまいます。大きく開いた足が恥ずかしいのにまた違う場所を擦られて与えられる快感に翻弄され続けます。

「あうっ、あっ、くうぅっ」

言葉にならない声しか、もう、口から出てきません。は、激し……っ。

そうして次は足を両肩にかけられて深く差し入れられます。息も絶え絶えだと言うのにラメル様の唇に口を塞がれてダラダラと唾液が零れていきました。

「フェリ、中に出していいですか？」

コクコクと頷くとラメル様は満足そうです。

「愛しています。フェリ？」

「ふっ、ふう……あ、あいしています」

やっとのことでそう言うとよくできましたと言わんばかりにぺろりと私の唇を舐めてから上体を起

こしたラメル様は私の両足首を持ち、足を限界まで広げるとさらに奥深く進んできました。

「%$#&$!!」

パンパンと容赦なく打ちつけてくる腰と時折、最奥をグリグリと刺激されて頭の中は真っ白です。

そしてやっと欲しかったものが中で熱く広がると達した体から力が抜けていきました。

「フェリ……」

過ぎる快感を浅い息をしながらやり過ごしていると、ラメル様が私の中から出ていきます。

「久しぶりでしたからたくさん出ましたね」

そこから溢《あふ》れ出るものを見てラメル様が言うのが恥ずかしいのに体がガクガクしている私には足を閉じることもままなりません。ですが前の行為から一週間くらいしか空いていません。私の中では久しぶりではありません。

ようやく満足したのでしょうか、ラメル様が私の足を閉じて抱き寄せてくれました。硬い腕に私の頭を乗せるのがお気に入りのようで、ふわりとシーツを纏うと額にちゅっとキスをくださいました。

「疲れましたか?」

「……はい」

もう今日はこのまま体を清めて休みたいです。私のぐったりとした様子を見てラメル様は何か思うことがあるようでじっと考え込んでいます。

「何か?」

「いえ、フェリの体力をつけるのにはどうしたら良いかと考えていました」

「た、体力……ですか」

残念ながらもう少し回数を減らすという発想にはならないようです。

「私の相手は大変そうですからね。でも抑えが利かないのは貴方が可愛すぎるからですからね」

ま、まさかの私のせいです。

「ふむ……とにかくもう少し食事の量を増やしてはどうでしょうか？　私は剣はあまり得意ではありませんが体術はそこそこです。今度フェリにも簡単なものをお教えしましょう」

「そ、それは光栄です……」

忙しい中、ラメル様が直々に教えてくれるのは大変ありがたいのですが、正直この調子では体力をつける前に体力がなくなってしまいます。ああ。明日から私の食事の皿が一つ追加されることでしょう。疲れを知らないラメル様の顔を見て苦笑いしかできません。

「フェリ……もう一度だけいいですか？」

「え」

「優しくしますから」

いえ、いつだって十分優しいですが激しいのです。しかも明日の朝、ベッドから出られないと昼から出勤のラメル様に合わせて多分、もう数回付き合うことになるのです。

——駄目です、そんな目で見ないでください。

「……一度だけです。その、もう私の体力が限界ですから」

私がそう言うとラメル様が甘く唇を重ねてきました。そうして、無事に一度で済んだ時にはもう私の身体は屍《しかばね》で、情けないことにラメル様に体を清めてもらいました（た、体力をつけなければなりません）。

その後、泥のように眠りについたのですが、結局寝坊してしまった私は、目覚めたら回数がリセットされているという恐ろしい現実を思い知らされたのでした。……それもこれもラメル様の筋肉美が悪いのだと思うのです。

＊＊＊

「セゴア様は何を喜ばれるかしら」

ローダの様子を見に部屋を訪れると、お昼寝中だったようでローダは小さなベッドの中で眠っていました。相変わらずよく寝る子です。ぷっくりとした頬をつつくとむにゃむにゃと口を動かしています。……可愛いです。

「あら、フェリも来ていたのね？」

しばらくするとお義母《かあ》様も部屋にやってこられました。

「ローダを見ると一日頑張れると思えるのです」

「私もよ。このほっぺが悪いのよ」

そう言ってお義母様もローダの頬を人差し指でつつきました。

「奥様、大奥様、そんなにつついていますとローダ様が起きてしまいますよ？」

いつまでもぷにぷにと楽しんでいると乳母のチェリカが心配そうに言いました。確かにお昼寝を妨げてはいけません。名残惜しげに手を引っ込めるとベッドサイドの机の上にあるユニコーンのぬいぐるみが目に入りました。私がローダを出産した時に王太子妃のミシェル様に愛娘《まなむすめ》のティアラ様とお揃《そろ》いだと頂いたものです。

「お義母様、ロネタ国のセゴア様に王子様が誕生されたのでお祝いをしたいのですが、何がいいか悩んでいるのです。お知恵をお借りできませんか？」

お義母様は諸外国への贈り物などに詳しいのでいつも頼りにさせていただいています。

ロネタは宗教国家でパナ教を国教としています。第二王子のゼパル様はもちろん、その妃《きさき》であるセゴア様も熱心なパナ教の信者です。ゼパル様は先進的な考えを持たれていて、リーズメルモには経済の勉強のために留学されていました。そんなゼパル様に献身的についてこられていたのがセゴア様でした。リーズメルモの言葉がまだ上手《うま》く使えなくて寂しい思いをしていたセゴア様と、当時ラメル様の妻となって心もとなかった私はすぐに仲良くなりました。

王子のご誕生ということで、ご一緒にセゴア様と仲良くしていたミシェル様は装飾のついた剣を贈られると聞きました。もちろん刃は潰してあり、魔よけの意味があるだけだそうです。

「セゴア様ってラメルの親友でゼパル王子の妃だったわよね。そうねぇ、何がいいかしら。ほら、ローダの時に使った特殊な綿で作ったおくるみが良いのではないかしら？　手触りもいいし、なかなか手に入りにくい貴重なものでしょう？　ロネタは特に贈っちゃいけない物もなかったと思うわ。聖剣伝説のある神秘的な国よね」

ロネタには聖地カラナがあります。

光の女神パナが悪魔に囁《ささや》かれて悪い心を持った人々を正気に戻すために、女神の骨の一部で作った聖剣を聖騎士に贈ったという伝説があります。聖剣が生まれた地には美しい広場が作られており、中央には大きな女神像がたてられているそうです。

「いいですね、ロネタの国旗にちなんで紺色で染めたら喜ばれるかもしれません。すぐに手配します」

「ジョシアがロネタに視察に行くついでにお祝いも持っていくと言っていたから届けてもらえばいいわ」

「視察に行くのですか？」

「ワイナリーを見に行くそうよ？」

「……なるほど」

ジョシア様も興味を持ったようですね。

「フェリ、ロネタに行きたい？」

「え!?　直接お祝いに行ければとても嬉しいですけれど……」

「じゃあ、ついていけばいいわよ」

「ジョシア様に、ですか？　それはちょっと」

「ううん。ラメルに。ジョシアが行くって喚《わめ》いていたけれど、最近仕事をサボっていたみたいで国王《おにいさま》が怒っていたから無理じゃないかなぁ。私がラメルを行かせてって言っておくわ」

「……でもローダが」

「一週間くらい平気でしょ。私が見ていてあげるから大丈夫よ。ちょっとした旅行だと思って行ってらっしゃいよ。貴方とラメルは働きすぎだわ。それにフェリも外国の方が気を使わずのびのびと過ごせるのではなくて？」

フローラ姫の策略で資料室で結ばれてしまった私とラメル様の馴《な》れ初めは社交界では鉄板ネタとなっています。最低限の集まりにしか参加できない私をお義母様は気の毒に思ってくれているのです。

「で、では、もしも、ラメル様が行くことになったら、連れて行ってもらいますね」

「ふふふ。きっと、ジョシアは行けないわよ」

この時のお義母様の予言は当たり、ラメル様がロネタの視察に行くことになったと聞いたのは数日後のことです。その日ラメル様はロネタ行きが決まったと、慈善事業のリストを作っていた私の元へ教えに来てくださいました。

「日ごろの行いが悪いからですよ。最近ジョシアはサボってばかりでしたからね。しかし代わりに行ったらどうかと王に提案されたのには驚きました。母さんが口添えをしてくれたようです。フェリと行けるならとても嬉しいです。忙しくしていた自分が報われます」

机から立ち上がってラメル様を出迎えるとそのままお話を聞きました。

「お義母様には勧めていただきましたが、本当にお仕事に私がついて行ってもいいのですか？」

「構いませんよ。でも巡礼の航路を利用するので船室を確保するのが大変なのです。私の身の回りの世話は良いとしてフェリの世話係は語学の堪能な侍女を一人連れて行きましょう」

「それならオリビアで大丈夫です。彼女は私よりも語学が堪能ですから」

「おや、それはちょうど良かったですね。ではそのように手配いたしましょう」

オリビアも連れて行ってもらえるなんて、なんて嬉しいのでしょう。きっと彼女も喜ぶに違いありません。セゴア様の赤ちゃんにも会えます。

「嬉しいです。ラメル様」

「ラ・メ・ル、でしょう？」

「はい。ラメル。ローダには寂しい思いをさせてしまいますけれど……」

「少しの間です。お土産をたくさん買って帰ってあげましょう」

「そうですね」

強請《ねだ》られる前にチュッと素早く頬にキスを贈ると、予想していたのかラメル様の腕が腰にガシリと回されていました。

「でもローダが一番喜ぶお土産は、弟か妹ではないでしょうか？」

「え？」

耳元でそんなことを囁くものですから顔が熱くなります。何を言い出すのでしょうか。お土産ってものじゃないでしょうに。

「ラメル。ロネタ行きを伝えに来てくれただけですよね？　執務室に戻らないといけないのですよね？　え、ちょっ……！」

ラメル様が私の胸元に指をかけて覗《のぞ》き込みます。

「今日はちゃんと身につけてくれているのですね」

「そ、そ、それは……っ！」

「私の言いつけを守ってくれるなんて偉いですね」

そんなふうに言いながらラメル様が私の足の間にぐいぐいと足を割り込ませてきます。不埒な手はするすると胸元のリボンを解いていきます。着ていないとふてくされて意地悪してくるので、仕方なく身につけているのです。

「まって、それは駄目です！」

抗議するのにその手は大胆に動き回り、胸元を暴いていきます。黒の総レースにこだわっただろう胸を強調するコルセットに押し上げられていたふくらみが外気に曝《さら》されていきます。

「んんぅっ」

唇を塞がれて舌を差し入れられると頭が蕩《とろ》けてしまいます。正直気持ち良くて降参してしまいそうです。でも、こんな昼間から、駄目です！

「ラ、ラメル！　ダ、ダメです！　それ以上するなら今後ラメルが選んだ下着はつけません！」

「……え」

びくりとラメル様の体が揺れて私との間に空間が生まれました。お仕事中にこんなことをしていてはなりません。いつもはラメル様に甘い私ですが心を鬼にしてラメル様を睨《にら》みつけました。見上げているとラメル様の喉がごくりと動きました。

「では、見るだけならいいですか？」

「は？」

「残念ですがフェリがダメだと言うならこれ以上は貴方の体に触れません。見るだけで我慢しますからフェリが見せてください。本当は下着だけにしてしまいたいですが、残念ながらドレスは侍女がいないと着られないでしょう？」

そう言うと胸元をはだけさせた私から一歩離れました。確かにドレスの下には、下穿《したば》きの上にペチコートやパニエなどドレスを膨らませるための女性の秘密が詰まっています。

「上半身だけで我慢します。見せてください」

ほ、本気ですか？　……本気なのですね。この流れ、今までの経験からグズグズする方が余計時間がかかってしまうに違いありません。仕方ないと腹をくくって、ほどけかけていたリボンをほどきました。

「フェリ、それでは見えません」

ギリギリのところまでドレスを引きおろしてもラメル様は許してくれないようです。諦めて両肩からドレスを落としました。

ラメル様から貰《もら》った黒のコルセットは綺麗《きれい》に胸を押し上げてくれますが、その、胸の部分は薄い花柄のレースで胸の谷間も乳首まで透けています。これを身につけるのにどんなに私がオリビアにニヤニヤされながら我慢したことか。

「綺麗です。フェリ。そして、いやらしい」

「あっ、み、見るだけだって……」

自ら服をはだけさせてドレスの下を見せただけでも恥ずかしくて死にそうなのに、ラメル様が私を壁に追い詰めてきます。

「手は出していませんよ」

「そう、ですが……やっ」

レースの上からラメル様が胸に吸いつきます。手は出ていません。手は出ていませんけれど。

「あっ」

舌で湿らされた胸の先が刺激に硬くなってきたのが自分でもわかります。ラメル様の肩を押して離そうとしてもびくともしません。舌の動きがクニクニといやらしく私の硬くなった乳首を弄びます。

「や、もうっ」

「でも、フェリのここは刺激が欲しいと強請っていますよ」

私を見上げる顔が妖艶で、い、いやらしい……ラメル様ってこんなことをする人でしたか？

「はっ……ふううっ……」

結局フニフニと胸も触られて、されるがままです。ラメル様の肩に置いた手も力がまったく入ってくれません。ああ、もうどうにでもしてくださいと思った時でした。

コンコン
コンコン
ドアを叩《たた》く音ではっと我に返りました。

「ラ、ラメル！　誰か来ました。ね、ラ、ラメル……」

「無視しましょう」

「ダ、ダメ……ダメダメ！」

コンコン
コンコン
「フェリ？　ラメルもいるわよねぇ。申し訳ないけれど、ラメルの部下がラメルが城に戻ってこないって困っているのよ」

お、お義母様の声です。

「ラメル！」

「……ふう。仕方がないですね」

ムッとした声を出したラメル様がゆっくり私の服を整えます。もうちょっと焦ったりしないのでしょうか？　邪魔されて気に入らないというふうにしか思えない態度なのですが、私は恥ずかしいです。仕上げにリボンを綺麗に結び直したラメル様がしぶしぶドアを開けると、そこにはお義母様とラメル様の部下の方がいました。

「まったく、こんな見境のない息子に育てた覚えはないわよ？」

「お義母様！　申し訳ありません」

「フェリ、貴方は良いのよ。絶対ラメルが悪いのだから」

「息子夫婦が仲良くするのに協力してくれてもいいのではないですか」

「ラメル、私は十分協力してあげたじゃないの。ロネタ行きまではちゃんと仕事をこなしてちょうだい。貴方まで国王《おにいさま》の機嫌を損ねないでよ」

「……わかりました。その件に関しては感謝しています。で、私と妻の大切な時間を割いてまで来たわけは？」

「あ、あの、も、申し訳ありません！　どうしても補佐の意見が欲しい案件が……」

ビクビクと部下が書類を見せると、はあ、とラメル様がため息をつかれました。

「フェリ、出発は一週間後くらいでしょう。ロネタ行きの準備をしてください。楽しみですね」

「……はい」

そう言ってラメル様は部下と共に城へ戻っていかれました。

「……フェリ、着替えた方が良いですよ」

「えっ」

ちゃんと服は整えたはずなのにとお義母様に言われて胸元を見るとそこにはたくさんのキスマークが施されていました。ぜ、ぜったい、わざとに違いありません。

「す、すみませんっ、こんなものをお見せするなんて」

「ラメルは貴方と結婚してから浮かれっぱなしね。あ、いいのよ、叱っているとかじゃないから。謝ることはないのよ。以前より仕事も順調だし、資産も増やしているわ。全部フェリのお陰よ。何よりもあの子が幸せそうで、私は感謝しているの」

「私は、何も……」

「ソテラの家系は一途でこれって決めた人には尽くしまくるのだけど、わかっていて嫁いだ私とは違ってフェリは受け止め切れている？　ラメル、鬱陶しくない？　それだけが心配よ」

「う、鬱陶しいだなんて。これ以上なく、その……幸せです。私の方が至らないばかりで。その、お義母様に言うことではないとは思いますが、どうしてラメル様がここまで私に良くしてくださるのかさっぱりわかりません……」

「うーん。要するにラメルがフェリのどこが好きなのか、わからないってことね」

「そ、そうですね」

「人を愛するきっかけなんて様々だからわからないけど。でもソテラの人間はね、愛情に飢えると言うより、愛したがり屋なのよ。自分の事を受け入れてくれるって人を見つけるともうね、一途にその人だけ愛しまくるの。受け止める方は大変だけど、でもまあ……浮気はないわ。私は夫のアントンとは幼馴染《おさなじ》みだったけれど、小さい頃から私だけがアントンに夢中で、今みたいにその、愛情過多に感じるようになったのは結婚してからよ」

「そうなのですか?」

「フェリがラメルを受け止めてくれるなら、こんな幸せはないのよ」

お義母様は私を励ましてくれているのでしょう。本当によい母を持って幸せです。

「お義父様とお義母様が私の理想のご夫婦です。お二人のようになれるように頑張ります」

「まあ、まあ、もう! フェリったら!」

照れるお義母様ですが本当に素敵な方です。幼馴染といっても王女だったお義母様にあからさまに好意を示すのが恥ずかしかっただけではないでしょうか。いつだってお義父様がお義母様を見る目には深い愛情が籠っているのが分かるのですから。

＊＊＊

「ローダ、おばあ様とチェリカの言うことをちゃんと聞いて、いい子にしていてくださいね」

ロネタに出発する朝、私のドレスを離さないローダを見て心が痛みます。ローダと一週間も離れるのは初めてですから私も少し不安です。

「お母様とお父様はローダが両手のお指を数える間に帰ってきます。お土産もたくさん持って帰りますからね。セゴア様の赤ちゃんのお話も聞かせてあげますよ」

「……」

しゃがんでローダに言い聞かせるとローダが抱きついて、私の胸に顔を埋めて小さくイヤイヤと首を振ります。普段あまり我がままを言わないローダがこんなことをするなんて新鮮ですが辛《つら》いです。

「ローダ、これを見てください」

私はこの日のために用意したものをローダの前に出しました。

「なあに？」

「これはね、お星さまのかけらなのですよ。ローダが寂しくなったらお口に入れていいお薬です。ただし、一日一粒だけですよ」

「おほしさまのかけら？」

「そうです。特別なものですよ」

私はそう言ってローダに色とりどりの星の形をしたキャンディが入った瓶を渡しました。少しでもローダの心が晴れるようにと用意したものです。それを見た途端、ローダの顔がぱあ、と輝きました。

「一日、一粒だけですからね」

ローダがキャンディの瓶に目を奪われている隙にさっと抱き上げてチェリカに渡しました。ここでまたラメル様と別れを惜しんだりすると余計に悲しくなるだけです。

「ごめんなさい、ラメル」

「仕方ないです。私が声をかければローダは泣いてしまうでしょう」

辛いですがさっと二人でローダに背中を向けると馬車に乗り込みました。窓の隙間から心配で様子を窺っていると、泣いているローダをいつの間に来たのやらレイナード様が抱っこしていました。

「どうしてレイナード様が来たのかしら」

「なに？　レイナード？　まったく！　油断も隙もない！」

馬車から飛び出しそうなラメル様を押さえてなだめます。

「ローダの気がまぎれるならありがたいことです」

「ったく、悪知恵がはたらくのだからな……」

レイナード様の登場でローダとの別れも惜しむ暇なく（まあ数日後にはすぐ戻ってくるのですが）ラメル様の機嫌を取りながら馬車は港へと向かいました。

「わあ、大きな船ですね」

潮風がスカートの裾を揺らします。ラメル様の手を取って馬車を降りた私は帽子を押さえながら停泊している船を見上げました。

これから搭乗するのは巡礼専用ですが、こんな大きな船は見たことがありませんでした。神々と縁のある地を回る旅は、貴族の中で流行している娯楽です。

船の中に作られた船室は少ない上に大変人気があり、ジョシア様のコネがなければ部屋の確保は難しかったそうです。その兼ね合いもあって今回はラメル様と私とオリビアの三人での行動となりました。

視察という名目ですがロネタ国王への挨拶や、周辺国の様子を確認することが主なもので、ラメル様にも自由な時間があると聞きました。定期的な視察、巡回の一環らしく、ラメル様にも『身軽なのですからフェリと観光もしたいです』と優しく言ってもらえました。

「では、搭乗の手続きをしてまいりますのでしばらくお待ちください」

馬車から降ろした荷物のチェックをして船員に何かを頼むとオリビアがそう言ってすぐに動いてくれます。彼女の語学は完璧なので国外に出ても何かと安心です。

「頼もしいですね」

「ええ。オリビアはとても優秀なのです」

「巡礼目的とは言え、船上ではいろいろとイベントもあるそうですよ」

「そうなのですか」

「その準備もしていますから楽しみにしてくださいね」

なんだか含みのある言い方でしたが船に気を取られていた私はすぐに忘れてしまいました。

＊＊＊

「とっても豪華な船ですね！　この部屋も三つある特別室の一つですって、凄《すご》いわぁ～」

「本当に素敵ですね！」

「ああ！　フェリ様の侍女になれて、幸せだわ！　外国旅行に行けるなんて、しかも船の巡礼旅行なんて、夢みたい！」

「私もオリビアと来られて嬉しいです」

あまりの船の素敵さにオリビアと感動してしまいます。

「それもこれもラメル様のお陰よね～。いい旦那様に巡り合えて良かったわね」

「ありがとう、オリビア。未だにあんなに素敵な旦那様の隣が私でいいのかって思ってしまいますけれど」

「フェリ様にメロメロなのだからもっと自信を持っていいのに」

「もったいないことです」

「友達として今だけ言わせてね。ラメル様って、外ではいつも緊張感をもってお仕事されているでしょう。いつでも冷静で、時には厳しい判断をしている。きっとホッとできて甘えられるのはフェリ様の側《そば》だけなのじゃないかな？　……それに、ラメル様を広い心で受け入れられるのは貴方だけよ」

「そう言ってもらえたら嬉しいです。ありがとう、オリビア」

こんなふうに言ってくれるオリビアにも素敵な人が現れますように、といつでも願っています。けれど口にはできません。一度結婚に失敗しているオリビアは多分、私が思っているより傷ついているのです。

「オリビアが側にいてくれて本当に良かったです」

「何言っているのよ、一生ついて行くわよ、私のご主人様！　あ、この船室なのだけど防音大丈夫ですからね！　私が入室して良い時は赤いハンカチをドアノブに結んでくださいね。このことはちゃんとラメル様にも伝えてあります。さて、奥様、早速お着替えいたしましょうね」

「着替え、ですか？」

「このラメル様のご趣味である衣装を着こなすのは心のひっじょーに広いフェリ様だけでございます」

「……嫌な予感しかしません」

にっこり笑うオリビアが大きなリボンのついた赤い箱を私に掲げています。私は諦めてオリビアに着替えを手伝ってもらうことにしました。

「あら？　でも長袖で、詰襟ですね」

衣装は白い法衣のようなドレスでした。

「これって聖職者の方が着られる服ではないですか？」

「まあ、本物だと怒られるでしょうが今夜の船上パーティは仮装パーティですから。きっとその服の中にはラメル様の夢と希望が詰め込まれていることでしょう」

「どういう意味ですか？」

「まあ、外装は聖女様ってところですね」

「外装は？」

普段のドレスのようなふくらみのないスカートですが足首までたっぷりの布があります。これと言ってラメル様の夢が詰め込まれるとは到底思えませんが……。

不思議に思っていると私の服を脱がせながらオリビアがさっともう一つの水色の箱を開けました。

「……まさか」

「もう、諦めてくださいませ」

いろいろな言葉が頭の中を巡っていきますが、オリビア、貴方の言った通りです。きっとこんなに従順で心の広い妻など、なかなかいないに決まっています。とにかく、頭の中を空っぽにして何も考えないように、と努めてラメル様が用意してくださった衣装すべてを身につけました。

「ああ、フェリ。本物の聖女のようです。とても美しい。私もすぐに支度してきますね」

私の衣装を満足げに眺めたラメル様が交代で部屋の奥に消えていきました。

「ラメル様はどんな仮装をするのかしら」

「それは見てのお楽しみですよ」

オリビアは知っているらしくニヤニヤしながら私にお茶を入れてくれます。

しばらくして部屋から出てきたラメル様を見て私は息を呑《の》んでしまいました。

か、
か、
カッコいい……。

「さて、行きましょうか。フェリ」

そう言って出てきたラメル様は騎士の衣装を身につけておられました。黒をベースにした騎士の正装に長いマント。金色の金具が蜂蜜色のラメル様の髪とお揃いでキラキラと輝いています。

「私は貴方の専属の護衛騎士です。貴方に忠誠を誓いましょう」

片膝をついて私の手の甲にキスを贈るラメル様をぼーっと眺めることしかできません。本当にこんな護衛騎士がいたら聖女は堕落してしまうに決まっています。

「ひゃっ」

しかし、この護衛騎士は私の隣に立ち上がると私の腰に手を回し、事もあろうかお尻を撫《な》でてきました。

「しっかりと全部身につけてくれたようですね」

ま、まさか。

今、確かめたって言うのですか。

表情一つ変えず、このどこにも隙のない高潔そうな騎士のお姿で。

いえ、いいのですよ？　妻の体を触ったのですから。ラメル様が外でとか、他の女の人に、とかまったく想像できませんし、でも……。

平然と触ってくるラメル様に赤面です。そうです。この禁欲的な聖女の衣装の下にはいやらしい下着を身につけさせられているのです。コルセットにニーハイブーツを持ち上げるために細いベルトがつけられているのですがそれをつけるためにいつも穿いている太ももまでの下穿きが着用できませんでした。そうです、局部を覆うのは小さな面積の薄い布だけです。スカートの下で外気に曝されスースーする下半身が恥ずかしくて死んでしまいそうです。

ソテラの人間はね、愛情に飢えると言うより、愛したがり屋なのよ。自分のことを受け入れてくれるって人を見つけるともうね、一途にその人だけ愛しまくるの。

以前、お義母様が言っていた言葉が思い浮かびます。私、ラメル様を受け止め切れるでしょうか……なんだかそちらの方が不安になってきました。

「さ、フェリ。私の側を離れないように」

「……はい」

　こんな心もとない姿で人前に出て、離れられるわけがないではないですか。差し出されたラメル様の腕にしがみついて部屋を出ると、様々な格好をした人々が船の上に集まっていました。

「わあ……」

　私が思っていたより皆さん凝った衣装を着て、それぞれ楽しんでいます。船の上は簡単に飾りつけされており、立食用のテーブルや奥には楽団が軽快な音楽を奏でていました。

　正直、こんなに力の入った衣装を着て大丈夫かと思っていましたが、私とラメル様が会場で浮くようなことはありません。むしろ、地味なくらいです。とは言っても、隣には歩くたびにキラキラと光っているように見える蜂蜜色の髪の絶世の美男子。その騎士を連れた偽聖女は人々の注目を浴びます。何せ、ほんっとうに、ラメル様がありえないくらいカッコいいのです。

「困りましたね、皆フェリが美しいのでこちらを見ています」

「それは私ではなくて、ラメルを見ているのですよ」

「どうして私を？　フェリはおかしなことを言います」

「ラメル、本当にわかっていないのですか？　貴方が、この場で一番、素敵だってことを」

「え。素敵？」

「もう、騎士姿が素敵すぎて私には眩《まぶ》しいくらいです」

「フェリにそう言ってもらえるなら揃えた甲斐《かい》があります。カッコいい？」

「カッコよすぎです。女の人の視線に嫉妬してしまいそうです」

「では、もう、船室に戻ってしまいましょうか」

するりと腰に回ってきた手が怪しい動きをするのを慌てて止めます。これではいつもの休日と変わりません。せっかく（不本意ながらも）着替えたのですからパーティを楽しみたいです。

「ラメルとパーティを楽しみたいです。私たちは、その、デートもあまりできていませんから」

勢いで結婚したようなものですから愛娘がいるのに私とラメル様はあまり恋人期間的なものがありません。それもあって、こんなに大切にされているというのに自信が持てないのかもしれません。

「デートもたくさんしましょう。国にいる時より貴方がリラックスして楽しんでいるようで、とても嬉しいです。フェリはあまり外出もしないし、大人しいから」

「昔は無鉄砲だと両親に言われたこともあるのですよ？」

「……そう言えばステアと家出した時は驚きましたね」

「あ、いえ、そのことは……」

「いろいろな貴方を見てみたいです。けれど、あまり私を翻弄しないでくださいね、聖女様」

「ぜ、善処いたします」

私の言葉を聞いてラメル様がちゅっとまた手の甲にキスを落としました。すると、どこからかどよめきのようなものが聞こえました。それはそうです。こんなにカッコいい騎士がお目見えすることなんて滅多にないでしょう。そんな人の隣で小さな下着しかつけさせてもらえず腕にしがみつくしかない偽聖女。恥ずかしいです。

「何か飲み物を取ってきましょう」

「あ！　ダメです！」

「え？」

「あの、そ、側にいてください。一時《いっとき》も離れるなんて嫌です」

こんなことを言わないといけないのも、みんな、みんな、ラメル様の選んだ衣装のせいです。コルセットで持ち上げられた胸は覆い隠されてはいますが、胸の先端が尖《とが》って見えないか気が気ではないのです。

「フェリがそんなことを言うなんて」

感動しているところ申し訳ありませんが、本当に、もう勘弁してください。

会場は貴族以外立ち入り禁止になっているので今はオリビアのフォローも期待できません。ラメル様しか、すがる者がいないのです。必死でしがみついている私を見てラメル様が今までになく上機嫌になっていくのがわかりました。

隙あらば頭のてっぺんにキスを落とし、私の手に頬を寄せます。人から見られることに慣れているラメル様はまったく気にしていませんが、私はロングスカートが風に舞うたびに、しがみつくことしかできません。

「こんなフェリが見られるなんて、嬉しいです」

「……」

給仕に頼んで果物の盛り合わせを手に取ったラメル様が私の口にブドウを一粒、また一粒と押し込んできます。次々と楽しそうに口に入れられるので声も出せません。

「美味《おい》しい？」

そう言われてもコクコクと頷きます。すると壁際に私を追い込んだラメル様が一粒ブドウを咥《くわ》えました。当然そのまま食べるのだと思ったら次の瞬間、私の唇にブドウが押し込まれました。

「んっ」

口内に入ってきたブドウの粒がラメル様の舌で押し込まれて転がされていきます。粒がはじけると口の端に零れた果汁をラメル様が舐め取っていきます。

「ラ、ラメル……」

いくら日が落ちてきたと言っても誰にも見られないとは限りません。止めないといけないのにラメル様は少し押したくらいではびくともしません。でも、この後メインイベントの楽団の演奏があるのです。炎を使った出し物もあると聞いて楽しみにしていたので、このまま船室に帰ることは避けたいのです。

「ハア……私、メインイベントが見たいです」

「ああ。炎をつけた棒を振り回すやつですね。見るのは初めてですか？」

首筋に唇をなぞられて背中がゾクゾクするのを堪えます。ここで交渉失敗すると、出し物も見られずに部屋で朝までコースになってしまいます。

「見たことがないので、ン、見たいのです」

「仕方ないですね。では、それが終わったら船室に戻りましょうね」

フウ、と息を吐いてラメル様が私と距離を取りました。どうして私が聞き分けのない子供のように言い含められているのでしょうか。なんだか腑《ふ》に落ちませんが、ラメル様の足をなんとか楽団の方へ向けさせることに成功しました。歩いていると何人かに声をかけられます。

「聖女様。祝福をお与えください」

巡礼の旅に出ている方の前で偽聖女など、なんて罰当たりな、と思いましたが彼らも私が偽物であるのは重々承知のはずです。オロオロしているとラメル様が小声で『遊びですよ』と言ってくださいました。

「光の幸多からんことを」

これでいいのでしょうかと適当に答えると皆嬉しそうに私の手を握っていかれます。もちろん、女性限定です。隣の騎士様はなかなか厳しいのです。

舞台が見える位置に移動してからしばらくすると、軽快な音楽が始まって舞台上の男の人が二人、ジャグリングを始めました。

「あっ、わあ！　えっ、凄いです！」

興奮して腕をぎゅっと掴むとラメル様が私の方を見ます。

「ラメル！　見てください！　どうなっているのでしょう！」

ラメル様は舞台を見ずに私を見ておられます。どうしてこちらを見ているのでしょう、舞台を見ないともったいないというのに。棍棒《こんぼう》をくるくると軽快に受け渡ししていた二人が今度は棍棒に火をつけます。

「炎をつけた棒って、アレのことですか！　燃え移ってしまうじゃないですか。ああっ！」

火のついた棍棒を受け渡ししながらもう一人が丸い筒の上に板を乗せます。すると、その上に乗りながらバランスを取ってジャグリングし始めたではないですか。

「ああっ！　危ないです！　そ、そんな！」

ハラハラして見ていましたが無事に炎を消すと板から飛び降りて二人が観客にお辞儀をしました。

凄いです！　あんなに燃え盛る炎を操るなんて。曲芸師たちが帽子を舞台の上に置くと観客たちが次々と硬貨を入れていきました。

「ラメル！　私も入れてきま……って、え？」

オリビアが用意してくれていたポーチに入っているお金を、全部入れてしまおうと思うほど感動していた私の体がふわりと抱き上げられてしまいました。

「え？　あの、私、舞台に……」

「チップは明日届けさせますから気にしなくていいですよ。もう、貴方ときたら、私に胸をグイグイ押しつけてきて、どういうつもりですか」

「え？」

「キラキラした顔をして可愛いったらないですよ。私をこんなに誘うなんて！」

ラメル様は私を抱えたまま、ぐんぐん廊下を急ぎました。いくつもの角を曲がって船室に着くとバタンと乱暴にドア開けて私をベッドに降ろしました。

「ど、どうして……え？？」

「どうしてって、もう我慢できないからですよ」

「お帰りなさい、旦那様、奥様。……奥様の身支度をいたしますか？」

「ああ。オリビア。明日の朝まで部屋に誰も近づけないように」

「かしこまりました」

「え？」

親指を突き立てたオリビアは部屋を出ていってしまいます。

ガチャリと模造であろう剣をテーブルに置いて上着を脱ぐラメル様。忘れていましたが、ものすごくカッコいい騎士様でした。無意識にごくりと喉を鳴らしてしまいました。サイドテーブルに水差しとタオルが置いてあるのがなんだか用意周到です。オリビアが優秀すぎます。

ベッドに転がされた私はラメル様が服を寛《くつろ》げていくのを、ついうっとりと眺めてしまいました。本当にラメル様が騎士になっていたらこんな感じだったのでしょう。騎士である弟のステア様とはまた違ったカッコよさ……いや、ステア様より百倍はカッコいいのです。

「……この格好……気に入りましたか？」

「えっ、あ、あの、うっ……はい。とても、カッコよくて、困ってしまいます」

「困る？」

「もう、何をされても許してしまいそうです」

「……まいったな、私も父の後よりエスタール様に弟子入りすればよかった」

「将軍に？」

「元将軍だけれどね。親戚の見込みのある子供を鍛えてくれていたのです。王家は強制参加だったけれど」

「それで……」

ラメル様はそんなに体が仕上がっているのですね。

「ではラメルは見込みがあったのですね」

「ステアも悪くなかったけれど考えなしすぎたようです。私は父の後を継ぎたかったから騎士にはならなかったのですが」

「他に見込みがあったのは誰だったのですか？」

「……貴方を一番振り回した人でしょうね。フローラです」

「姫様が？」

「あくまで子供の頃まででです。男女では体格差がありますからね。でもエスタール様が男だったら養子にしたかったと何度も言っていましたから本気だったと思いますよ」

「なんだか凄いですね……」

「貴方が喜ぶなら騎士になればよかったです」

「私に誓ってくださったではないですか。『私だけの騎士様』です」

「では貴方は『私だけの聖女様』ですね。聖女様、私に愛という祝福をください」

「……愛しています」

「私もです。フェリ」

ラメル様の唇が下りてきます。こんなに愛されているのに未だ心のどこかで本当にラメル様の妻でいいのかと思ってしまう自分がいます。ローダがいて、ソテラ家の皆さまにあんなに良くしていただいてこんなことを思うのは良くないとわかっていますが、いつもラメル様の心が離れていきはしないかと不安です。

「……ふぇ、り?」

唇が重なる前にラメル様の頬を両側からムニリと掴みました。きっと、この無表情が私を不安にさせるのです。――でもラメル様が表情豊かでこれ以上他の人を魅了したら？　それはそれで辛いでしょう。

「ラメルが悪いのです。貴方が素敵すぎるのです」

そのまま両手でラメル様の顔を押さえてキスを贈るとラメル様がわたしの体の上にまたがりました。ドレスがラメル様の膝の下にあって動けません。ちゃぷちゃぷと深いキスを交わしているとラメル様の指がドレスの上から私の乳首を探し当てます。

「硬くなっていますよ。私に触って欲しいと強請っている」

「ふうっ」

親指と人差し指で挟まれ、クニクニと刺激を与えられると体がビクビクと反応しました。キスと乳首をいじられただけでトロリと奥から欲望が溢れ出てくるのが分かります。スカートを濡《ぬ》らしてしまっているかもしれません。

「ふう、ふううん」

体をよじろうとも騎士様が許してくれません。そのうち胸元をどうやって開けさせようかと四苦八苦していた騎士様がしびれを切らしたようでした。

ブチィイイ
「んんっ！」

「お遊びの衣装ですからね。破れても構いませんよね」

「ふぁっ……」

どうもこの騎士様は少し、せっかちでいらっしゃるようです。しかし、性急に求められて嬉しいだなんて私もどうかしてしまっています。コルセットに押し上げられた胸がラメル様の前に差し出されるように揺れます。乳首が口に含まれて吸い上げられ、噛まれ、舌で舐め上げられて、ハアハアと息が上がります。ビリビリとスカートも遠慮なく破いてしまったラメル様はコルセットとベルトに繋がったブーツ姿の私を上から眺めていました。

「は、恥ずかしいです」

胸と局部を隠すと、じっと眺めてくるラメル様を恥ずかしくて直視できません。

「貴方の一番美しい姿は私しか知らなくていいのです。今後一生、誰にもね」

プツリ、プツリとコルセットに着いたベルトをラメル様が外します。

「んんっ」

際どいところを舐め上げながらラメル様がブーツをゆっくりと脱がしていきます。今まで包まれてた足が外気に触れて冷たく感じ、その分、ラメル様の舌を熱く感じました。

「ああ。綺麗だ。とても綺麗です。フェリ」

コルセットだけにされた私は裸よりも恥ずかしい思いをさせられています。今夜のコルセットはたっぷりとレースのついたものです。リボンで締め上げられている分、胸が押し上げられ、乳房を強調するかのように二本ずつの細い肩紐《ひも》がついています。何がどうって、とてもいやらしいのです。ラメル様は満足されているようですけれど。

「清楚な聖女様がこんなにいやらしいなんて」

誰のためにこんなことになっていると思っているのでしょうか。

「いやらしいなんて……酷いです」

「私にだけならいいのですよ。ここも、十分濡れていますけど」

「はぅっ」

濡れそぼっていた秘所がラメル様の指を簡単に受け入れてしまいます。クチュクチュと派手な音が私の耳まで犯していくようです。

「今日は我慢できそうもなくて。すみません」

それはいつもです。と言いたくとも、もう息が上がって言葉が出ません。ラメル様は派手に中を掻《か》き回してからクッと指を抜かれました。ビュっと体液が飛び散る音がします。

「くぅぅううっ」

恥ずかしくていたたまれない私にすぐに熱い塊が埋め込まれます。

「は、はっ」

「フェリ、手を繋いで」

「……ラ、ラメル」

懇願されてよろよろと手を差し出すと指を絡ませて繋がれます。そのままズチャズチャと激しく奥に刺激を与えられて体が揺れました。

「ああ、貴方の中は最高だ」

「んんっ、ああっ」

「ずっとこうしていたい」

「ひゃぁ」

「気持ちいい？　いいって言って」

「……ち、いい」

「……可愛い」

「あ、あっ、は、激し……っ」

「フェリの気持ちいいところをたくさん、突いてあげますねっ」

「あああっ」

激しく体が揺らされる中、ラメル様が私を熱い目で見つめているのがわかります。

この瞬間、欲張りな私はラメル様を独り占めした気持ちになります。

私だけのラメル様。

愛《いと》おしい。旦那様。

「受け取って、フェリ……すべてを貴方に注ぎたい」

「ラメル……ラメル……」

「イクよっ」

「あああっ」

体の奥で精を放たれて、どちらということもなく唇を重ね、呼吸をも交換するようにキスを繰り返しました。舌を吸い上げられると中が締まるようでラメル様を離すまいとしている自分を恥ずかしく感じました。

「フェリ……まだ夜のとばりが下りたところです。今夜はゆっくり愛を深めましょう」

ラメル様の満足そうな顔を私はまた手で挟んでからムニリと引っ張りました。この顔のまま、こうすると自然に笑ったように見えると思うのです。決してなんだか悔しいとか、モヤモヤするということではないと信じたいです。

「ふぇり……？」

「ラメルが笑ったら最強でしょうね」

「貴方が笑顔ならそれでいいです」

……笑顔でいたいのでどうか今夜は控えめにお願いしたいです。

「コルセットを外すのを手伝いますね」

親切そうに言いながら後ろから抱きかかえられて肩にキスをされます。火照った体はラメル様を受け入れるのが当然なようで、どこを触られていても快感が走って気持ちがいいのです。

「きゃっ」

コルセットの紐を緩めながら時折指が私の乳首をはじきます。

「意地悪しないでください」

「意地悪はしませんが悪戯《いたずら》はしてしまうのですよ」

「そ、んんんなぁっ」

ラメル様が背中にキスしてくるので息が浅くなります。やがてコルセットが外れて体が軽くなると今度は後ろの筋肉に体を包み込まれます。これは、朝までコース……になりそうです。

「ラメル、ああっ、ちょ、んん。明日の朝食は甘く焼かれたパンが出るのですって……。貴方と食べたいです……」

「わかりました。でも、今は私に貴方を食べさせてください」

そしてやっぱり何度も求められて夜明けを迎えましたが、できる宰相補佐殿はちゃんと私の要望を覚えてくれていたようで、朝食に間に合うようにと明け方には寝かせていただけました。ラメル様は『フェリには敵わない』とおっしゃいますが、その言葉そっくりラメル様に返したいと思います。

＊＊＊

「あら？　ラメルは騎士様の格好のままなのですか？」

朝食は部屋に運んでもらうこともできましたが、そんなことをしたら部屋から一歩も出ずにロネタに着いてしまいそうだったので、ビュッフェに参加することにしました。着替えをしていこうとするとラメル様は昨日の騎士服をまた着ておられました。

「まだお遊びは続いているのですよ。フェリにはもう一つの服を用意しています」

「……」

まさかと思って後ろを振り向くと苦笑いしたオリビアが緑の箱を持っています。ああ。今度は何を……。

「では、私は外で待っていますね」

「フェリ様。もう諦めなさいませ」

鼻歌交じりの声でラメル様がそうおっしゃると部屋を出ていかれました。もちろん私の聖女の衣装はラメル様が破いてしまったのでもう着られません。

「コルセットはつけないのですか？」

「……つけないですね。ガードが下がりますから、まあ程々に頑張ってください」

「いえ、もう十分頑張っていますよ？」

コルセットはつけないものの、いつもの下着は身につけられました。昨日のように下着がほとんどなしというわけではないのでガードが下がるとは何かしら？　と不思議に思っているとオリビアが服を広げました。

「あれ？　それは……」

「メイド服です」

「……」

「ただし、レースとリボンをこれでもかと施された、まったくメイドとしては機能性のない、なんちゃってメイド服です」

「あの……」

「いや、もう、ここまでくれば、あっぱれですよ。どんだけ嫁が好きなのだか。ちゃっちゃと着てください、奥さま。今日は騎士様が雇われた専属メイドの設定のようですよ」

「はあ」

「フェリ様、昨日ラメル様の騎士服姿をめちゃめちゃ褒めたでしょう？　本当は執事服のご予定だったのに、また同じのものを着ているではないですか。いくら私にラメル様の無表情が読めなくても浮かれていることくらいわかりますよ」

「執事……うう。それ、見たかったです……」

「はあ。もう、どっちもどっちですね。朝食後、その服も破られないといいですけれど」

「いえ、さすがに休まないと生きていけません。大丈夫ですよ。だからビュッフェの方に誘ったのですから」

「……さあ仕上げにヘッドドレスをつけますね」

最後は無言でオリビアが私の髪を整えてくれました。オリビアが私を部屋から送り出してから急いでベッドメイキングを整えていたことを私は知りませんでした。

＊＊＊

「いい匂いがしますね」

朝食のビュッフェは立食ですが、様々な国の料理が並んでいました。部屋に運んでもらえばゆっくり食べられますが、いろいろなものを目で見て楽しまないなんてもったいないです。キョロキョロと周りを見れば、皆さん仮装のままのようで、浮かないかと心配していた自分が恥ずかしいと思うくらいでした。

「私のメイドさん、何を食べさせてくれるのですか？」

ラメル様が後ろから腰に手を回しながら耳元で囁きます。

「ご主人様は何がお好みですか？」

興に乗って答えると、ラメル様の手にきゅっと力が入りました。ああ、これは危険です。やんわりとそれとなくラメル様の手を握って腰から外して繋ぎます。

「パンに卵液をつけてプリンのように蒸し焼きにしたものがあると聞いたのですが、それを食べませんか？」

「ええ。いいですね」

言いながら私の頭に顔を埋めて匂いを嗅ぐのはやめていただきたいのですが。非常に周りの視線が集まるのが堪りません。

目の前でパンを二人分焼いてもらってお皿を受け取ります。粉砂糖とトッピングに果物をお皿に乗せました。椅子は置いてありませんが、テーブルは用意してあるので、そこに置いてラメル様と食べます。バニラの香りが口の中に広がって、ふわりと焼かれたパンはまるでスイーツのようでした。

「美味しいですね」

「ええ」

ふと見るとラメル様のお皿は減っていません。

「ご主人様には甘すぎましたか？」

「いえ。貴方の食べる姿が官能的なので」

「え」

ちょっと待ってください。なんて目で朝から私を見ているのですか。

「あの、あちらのオープンサンドも頂いてきますから少し待っていてください」

「たくさん食べないと体力が持ちませんからね」

「……」

なんだかいろいろ含ませるような発言の数々。見た目が恐ろしくカッコいい騎士様は私の後をついて回ります。それでもなんとかお腹《なか》いっぱいになり、私は部屋に帰りたがるラメル様を船の上の散歩に誘いました。

「なんだか……騒がしいですね」

「ロネタとの中継地点です。ここで物資の供給と他の船客を受け入れるのです」

「なるほど。それで船が停泊しているのですね」

「観光地ではないので降りるほどではないでしょう」

　ガヤガヤしている辺りを見ていると、新たに船客を受け入れているようでした。その中にマントで全身を覆っていても、見るからに高貴そうな一行がいました。どこかのお姫様ではないでしょうか。侍女が二人、警護が二人ついています。この船に乗るにもなかなかコネもいるほどなので侍女や警護を二人もつけられるとなると相当大切にされている人物だと予想されます。

「ロネタに向かうのかしら」

「気になることでもありましたか？」

「いえ」

「では、散歩も済みましたし、船室に戻りましょう」

「船に乗ったのは初めてなので、錨《いかり》を上げて港を出るところが見てみたいです」

「貴方がそうやって焦《じ》らすから、なかなか手加減できなくて困るのですよ」

「じ、焦らした覚えはありません。興味があったので見たかっただけです。駄目でしょうか？」

「まあ、いいでしょう。貴方のワクワクした顔も可愛いですからね」

　なんだかとても我がままを聞いてもらっている気分になるのですが、そんなに大したことを頼んでいるのでしょうか。モヤモヤしないでもないですが、チュッと頭のてっぺんにキスされると、もうなんでも許してしまう気になってしまいます。

「潮風がきついです。そのまま出航するのを見ていてもいいですけれど、私のマントの中に入ってください」

ふわりとラメル様のマントの中に入れられると、じわじわと嬉しい気持ちになりました。さらりと気にかけてくださるなんて私の旦那様、素敵すぎます。きゅっと胸元を掴むとラメル様がまた私の頭にチュッとキスをしました。

錨が上がり、船が港を離れて進んでいきます。初めての船旅で船酔いを心配していましたが、オリビアも私も大丈夫で良かったです。

「あと一日でロネタに着きますね」

「ええ。たくさんデートしましょう」

「ローダのお土産も忘れないようにしないと」

「フェリが好きなだけ買ってください。もちろん貴方の物も。貴方のご主人様は結構な資産家なのですよ？」

「……それは知っていますけれど」

「もっと我がままでいいのですよ」

「これ以上欲張ってしまったら罰が当たりそうです」

「私はもっと欲張りたいですけれど？」

「ひゃっ。だ、ダメです……」

マントの中だからか大胆にスカートの後ろを持ち上げられて下着の中に手を差し入れられました。トントンと軽く私の敏感なところを指で刺激するものですから腰が砕けそうです。オリビアの言うように確かにガードが下がっています。しかも昨晩も散々中に放たれたので、中がまだ潤ったままなのです。

「気づかれてしまいますよ？」

耳元でラメル様が囁きます。その息がかかるだけで耳も快感を拾ってしまいます。数メートル離れたところで、同じように船が岸を離れるのを眺めている人がいます。どうか、こちらに気づきませんように。

「ん、ふぅ……」

浅いところに潜り込んできた指が私の愛液で濡れたヒダを両側に広げてきます。トロリと愛液が溢れ出てくるのがわかって恥ずかしいやら、もう……こんなの、立っているのがやっとです。

「濡れていますよ」

「んっ」

指で軽く擦られるだけでピチャピチャと音が鳴ります。潮の音で聞こえないとわかっていても周りに気づかれないかもう気が気ではありません。

「ラメル、やめて……ください。ね？　もう船室に戻りますから」

ギュッとラメル様の腕を掴んでなんとか収めてもらおうとお願いしました。けれど。

「……困ったことに私が収まらないのです」

「え……」

そう言うラメル様に首だけ振り返ってみるとお尻に硬いものが押し当てられています。

「このままでは廊下は歩きにくいですね」

「え、と」

「慰めてくれますか？」

「まさか、ここでですか？」

「誰もいないですし、挿入《い》れても大丈夫でしょう。ほら、もう限界です」

ラメル様が私の手を自分の高ぶりに持っていかれます。熱くて硬くなっています。ですが……こんなところで中に出されたら、それこそ私が廊下を歩けません。

チラリとマントから外を窺えば船が無事に出向して皆、船室に戻ったようで人気《ひとけ》はありませんでした。それでも外でなんて抵抗があります。下穿きを下にずらされそうになって私は覚悟を決めました。

「昼食後に、カモメの餌やりができるそうです」

「今、そんなことを言うのですか？」

「ラメルがちゃんとそれに付き合ってくれると言うなら頑張ってもいいです」

「餌やりくらいはちゃんと付き合いますけれど」

「では……マントで隠してくださいね」

言質を取ってラメル様に向き合うと私は体を下にずらします。ラメル様のベルトを緩めるとカチコチになったそこをそっと外に出しました。

「え、フェリ!?　くっ……」

口いっぱいに熱い高ぶりを頬張ると上からラメル様の悩ましげな声が聞こえます。膝立ちで必死に手と口で奉仕しているとラメル様に髪を耳にかけられます。見上げると私を見て興奮している超絶色気のあるラメル様が見えます。

「フェリ……」

優しく私の頭を撫でるラメル様に、いい気分になって舌を使ってペロペロと竿《さお》を舐め上げます。ビクビクと動く熱い塊が愛おしくなって、また口の中に迎えるとちゃぷちゃぷと出し入れしながら唇で刺激を与えました。

「はっ……待って、フェリッ！　で、でるっ」

ラメル様の声が聞こえたかと思うとビュッ、ビュッと喉奥に精が放たれました。何度経験してもこれだけは慣れません。それでも必死に吸い上げて零さないようにしてからゆっくりと顔を離しました。

「フェリ、え。の、飲んだのですか？」

驚くラメル様を見上げながら口の端に零れた精液を指で口に運びました。まさか私が飲むとは思わなかったようで慌ててハンカチを出したラメル様が呆然《ぼうぜん》としています。ちょっと、可愛いかもしれません。

「ご馳走様でした。ご主人様」

面白がってそう言うと慌てて身なりを整えたラメル様が私を小脇に抱えました。

「え？　ちょ、ちょっと……待ってください。ええ？」

「どうしよう、フェリが小悪魔になりました」

「へ？」

ずんずんと、ものすごいスピードでラメル様が私を抱えていきます。このやり取りは前にもあった気がします。

ところが角を曲がれば船室だというところまで来た時、切り裂くような叫び声が聞こえてラメル様の足が止まりました。


キャアアアアアア！


バタン、と目の前の船室のドアが勢いよく開きました。転がるように護衛であろう男が出てきて倒れました。

いきなり起きた出来事に私はオロオロするだけです。

「フェリ、そこでじっとしていてください」

ラメル様は私を廊下の端に降ろすとそうおっしゃって、私を庇《かば》うように立ちました。

「姫様！　姫様！」

泣き叫ぶ声が聞こえて侍女二人に抱えられたフードを被《かぶ》った女の子が部屋から出てきました。どうやら女の子が姫様で、続いて出てきた黒装束の男に狙われているようでした。

「姫様！　お逃げください！」

もう一人の護衛の男が黒装束の男に立ち向かっていました。カキン、と金属のぶつかる音がしますが護衛が持っているのは果物ナイフのような短いもので黒装束の男が持っているような立派な剣ではありません。とても太刀打ちできるとは思えませんでした。

船に乗る時に厳しいチェックがあるので刃物類は持ち込めません。ラメル様の腰の剣も当然玩具《おもちゃ》です。今、目の前の刃物が本物だということは、悪意を持って船にそれを持ち込み、人を襲っているとしか思えません。

「どうやら『お遊び』ではないようですね」

様子を窺っていたラメル様が動きました。どうやら、どちらに味方して、今後どう動くか判断したようです。

以前、弟のステア様が『実践に強いのがラメル兄さんだ』と言っていたことがあります。その場の状況をいち早く把握して動くことができるのだと。

「あっ！」

もう一人の護衛が黒装束の男に力負けして廊下に倒されてしまいました。それを見たラメル様が女の子を庇うように立ち塞がり、腰に佩《は》いていた模造剣を鞘《さや》のまま男に向けました。

黒装束の男が笑ったのがわかります。ラメル様の持っている剣は玩具だとあからさまにわかるものです。私だって、あれで立ち向かったラメル様に驚かされました。あんな玩具では勝負にもなりません。すると黒装束の男が剣を構えました。

「ラメル！　危ない！」

必死になって声を上げても容赦なく男の剣はラメル様に振り下ろされました。

カキン
金属音が鳴ったと思うと簡単に鞘ごと玩具の剣が割れて地面に落ちました。それはそうです！　どうしよう、ラメル様が！　と思った瞬間の出来事でした。ラメル様が黒装束の男に見せつけるように手に残った玩具の剣も落としました。目の前で儚《はかな》く玩具が壊れている様を見て、それを嘲笑《あざわら》った男が隙を見せたのです。

ドゴッ、ガッ、

「ぐほっつ」

素早く男の足を払ったラメル様が転がる男の剣を蹴り上げます。クルクルと回転しながら剣は廊下の向こう側に転がっていきました。

武器を失くした男はすぐさま立ち上がってラメル様に向かっていきます。ラメル様はそれをひらりと躱《かわ》すとそのまま手首と腕を取ってその腕を背中で捻《ひね》りました。

「カハッ」

男が乾いた声を上げるとボキリ、と嫌な音が聞こえました。

「うあああああっ」

どこの骨が折れたかはわかりませんが、確実に折れた鈍い音がしました。そのまま廊下にうつぶせに倒された男は痛みに悶《もだ》えています。

「大人しくしなさい」

ラメル様が男の首の後ろを手刀で叩くと男は気絶したのか動かなくなりました。

「何か縛るものはありませんか？」

ラメル様がそう言うと護衛の一人が腰の縄を渡します。手馴れているのかラメル様が男を縛り上げました。私が驚いている間に一連の事は素早く解決されてしまいました。

「ラ、ラメ……」

「騎士様！」

「騎士様！　ありがとうございます！」

心配してラメル様に声をかけようとすると、女の子を守っていた侍女たちの甲高い声が被りました。

チラリとラメル様が視線で私の無事を確認してきたので私は大きく頷きました。

「そちらは大丈夫ですか？」

ラメル様が姫様と呼ばれていたフードを被った女の子に声をかけました。侍女たちは素敵な騎士に颯爽《さっそう》と助けられて頬を赤くしています。女の子はラメル様を目視するとフッとその体を大きく傾けました。

「おっと……」

目の前で倒れる女の子をラメル様が支えました。侍女たちもそれを見て慌てます。

「姫様！」

「騎士様、お手数ですが姫様を安全なところへ寝かせることができないでしょうか」

チラリと確認すると彼女たちがいた部屋は荒れていました。護衛の二人も剣で斬られたのか血を流しています。私はラメル様の側に行って声をかけました。

「ひとまず、私たちのお部屋にお運びしましょう。私はこのことを船長に伝えます」

「……いえ。フェリが行くことはない」

ラメル様の言葉に後ろを見ると騒ぎを聞きつけた誰かが呼びに行ったのか、船長と屈強そうな男が数名こちらに向かってきていました。

黒装束の男を引き渡し、簡単に説明した後、やはり空いている船室がなかったために一旦女の子は私たちの船室に運ぶことになりました。

＊＊＊

「で、貴方方は何者ですか？」

侍女たちがラメル様の問いかけに顔を見合わせます。

ベッドに横たえられた女の子のフードが落ちるとその美しい顔が曝されました。歳《とし》は十三、四といったくらいでしょうか、あどけない寝顔です。けれども目を瞑《つぶ》っていても陶磁器のような白い肌に水色にも見える銀髪が美しい少女です。

「船長は素性を知っているようでしたが？　成り行きで助けましたが、それでこちらにも危害が加わるようでしたら困ります」

幸い護衛の二人も軽傷で済んだようなので、主人を心配する侍女二人に代わって私とオリビアが介抱しながらラメル様の言葉に耳を傾けていました。

「助けていただいて申し訳ないが、今はロネタの王族の親戚であるとしか教えられない」

護衛の一人がそう言うと後の三人が顔を見合わせていました。

「……私はリーズメルモ国の宰相補佐、ラメル＝ソテラです。今回は第二王子ゼパル様の嫡男誕生の祝いと視察が目的でロネタ国を訪れることになっています」

「!!　騎士様ではないのですか？」

「この姿は船の中でのお遊びです。昨日から仮装パーティが続いていますから。ちなみにそこにいるのはメイドの格好をしていますが私の妻です」

「ええ!? す、すみません、てっきり！」

ラメル様の言葉を聞いて、私が手当てしていた男の人の肩が飛び跳ねました。まあ、元は侍女ですし、そう変わらないのです。

「騎士様はご結婚なさっていたのですか！」

侍女たちが声を揃えて私を値踏みします。ああ。この視線。相変わらずです。

「……ゼパル王子に会いに行くことを証明できるものはありますか？」

おずおずと護衛の一人がラメル様にそう言うと、ラメル様がロネタの国王の許可印が入った書状を見せました。すると覚悟を決めたように男は話し出しました。

「まず、この方はベテルヘウセ帝国の皇女、ビアンカ様でございます。皇女様の母親はロネタ国の元王女、ゼパル様の姉、ヤハナ様です」

ベテルヘウセ帝国は、ロネタ国を除いた、海に隣接する十数国を束ねています。

本国リーズメルモ国からは遠く離れていますが、最強の海軍を所持していると言われる海神ガウェイ＝ヘッセ＝ベテルヘウセ皇帝の国です。その手腕で皇帝まで上り詰めた彼は庶子王ともいわれ、国民から絶大な人気を誇っていると聞きます。――噂《うわさ》では貴族には嫌われているようですが。この美しい少女はその皇帝の娘であるようです。

「どうして皇女様が巡礼船に乗って襲われていたのですか？」

「内密にお願いしますが帝国で皇帝の暗殺未遂が起きたのです。皇女様に被害が及ぶといけないと、秘密裏に皇后の母国であるロネタ国に匿《かくま》ってもらうことになさったのです」

「……しかし、襲われたと」

「皇后様がご一緒されなかったことで敵の目を欺いたつもりでしたが甘い考えだったようです」

命を狙われた、だなんてとても恐ろしかったでしょう。蒼白な顔で眠る皇女様がとてもお気の毒に思えました。護衛の人は沈痛な顔で話を続けました。

「他国の方にお話するのは気がひけるのですが、命を救っていただいた恩人なので申し上げます。クーデターは未遂に終わらせることができたのですが、捕まえた主犯格の男が自決したために全貌が明らかにならず……皇帝は敵対している者をあぶり出すために、怪しい人物たちを今は泳がせることにしています」

その言葉にラメル様はなるほど、と頷きました。

「ここまで来て引き返すこともできません。ロネタ国には先に皇帝の書状がついているはずです。失礼ですが、ソテラ様は宰相補佐と伺いましたが、かなりの使い手であるとお見受けしました。模造剣を敵の目の前で落としたのは気を逸《そ》らすためだったのでしょう。見事な判断です。姫様がお守りできたのはソテラ様のお陰です。お礼を申し上げます」

「わ、私たちからも、お礼を！　姫様を助けてくださってありがとうございます！」

「いえ。こちらも妻を守るためでしたから」

チラリと私を見て言うラメル様の言葉が皇女様をついでに助けたと聞こえないよう、私は素知らぬ顔をしておきました。

「……、……」

「姫様！」

どうやら皇女様が目覚めたようで侍女たちが騒ぎ出しました。

ベッドの上で体を起こした皇女様は儚く、シーツを掴む手が震えておられました。よほど怖かったのでしょう。お可哀想に。

「実はつい先日、姫様は帝国でも一度危ない目にあっておられるのです。その時に、その、姉妹のように育った侍女が姫様を庇って目の前で亡くなりました。それ以来、精神的ショックを受けた姫様は上手くお言葉を発せられなくなっているのです」

私とラメル様だけに聞こえるように小声で護衛の人から説明を受けました。声を出せなくなるほどの出来事をまだ幼い少女が受けたのだと思うと胸が痛くなりました。

「ソテラ様、姫様が助けていただいた感謝を述べておられます」

少女はラメル様を見つめていました。恐ろしい目にあったのです。助けてくれたラメル様を頼もしく思うのは道理です。

「いえ。皇女様がご無事でよかったです。おや、船長が戻ってきたようですね。この部屋は皇女様に明け渡しましょう。ロネタ国に着くまであと数時間です。書状が届けられているのなら港にはロネタから迎えが来ているでしょうし、船が着くまではドアの前で何人かに見張っていてもらいましょう」

ドアがノックされる音が聞こえて、ラメル様が私の腰をリードして退出しようとしていました。急いで私も頭を下げて部屋を出ようとしましたが、

ドタン……。

「姫様！」

あろうことか皇女様がベッドから降りてラメル様の上着を引っ張っておられました。

「え？」

ブルブルと震える皇女様が揺れる金色の瞳でラメル様を見上げておられました。

「姫様が、騎士様にいて欲しいとおっしゃっています」

侍女の一人がラメル様に訴えました。私の腰にあったラメル様の手にピクリと力が入ります。

「と、とりあえず船長さんに入ってもらってお話し合いをしてはどうでしょうか。ラメル、皇女様は怯《おび》えておられるようですからもう一度ベッドにお運びしては？」

「……」

明らかに不満を感じるオーラを出すラメル様に仕方ないので提案します。この状況で頼れるのは確かに護衛二人よりもラメル様だったのかもしれません。

私の顔を見たラメル様は、ふう、と息を吐いてから服の裾を掴んでいる皇女様の手をやんわりと外してベッドに戻るよう誘導しました。ラメル様がついてくることで安心したのか皇女様がベッドに戻っていきました。

皇女様はすがるようにラメル様を見つめています。生死にかかわるような恐ろしい目にあったのですから仕方ないのかもしれません。

その後、船長が部屋に入ってきて、船のセキュリティの甘さを謝罪されてから、船の護衛を部屋の外に二人交代でつけてくれることになりました。私たちは部屋を皇女様に譲り、一回り小さな部屋ですが整えたものをすぐ近くに手配していただくことになりました。

ところが。

「ロネタ国に着くまでです。それまでご一緒していただけませんか？」

「行く先は王宮で同じのはずではないですか」

「お願いいたします！」

口々に皇女側からラメル様の同行を求められました。ラメル様にしても親友ゼパル様のお姉様の娘様ですからこんなに慕われては無下にできません。どのみちリーズメルモ国の宰相補佐としては危機にある皇女様を放り出すこともできないでしょう。

「本職ではないので護衛と言っても行動を共にするくらいしかできませんよ？　それでよければ王宮に着くまではご一緒させていただきます」

しぶしぶラメル様が承諾すると皇女様が明らかに安心した顔をしました。いくら船の屈強な護衛を部屋の前に手配してもらったとしても、自分の護衛二人は軽傷とはいえ負傷しています。王宮まで行くとなると不安で仕方なかったのでしょう。しかも以前に目の前で自分を守った人を失くしているのです。

時折、喉を押さえて声が出ない自分に苦しむ皇女様が憐《あわ》れでなりません。もしもローダが将来こんな目にあったとしたらと思うと胸がギュッと掴まれる思いになりました。

「仕方ありません。私もここで護衛に加わります。一応フェリが行く部屋の前にも一人護衛をつけてもらいますのでオリビアと行くとよいでしょう」

「用意してもらった部屋はすぐそこですからご心配なさらないでください」

「オリビア」

「はい、ラメル様」

「今フェリが着ている服はきちんと保管しておくように」

「かしこまりました」

「……」

「では、フェリ、何かあれば叫ぶのですよ」

「こちらは大丈夫です。ラメルこそ気をつけてください」

「……」

「……」

「……」

「……おやすみなさい、ラメル」

沈黙に負けてラメル様の頬にキスを贈るとやっとラメル様が皇女様のいる部屋に戻っていきました。

＊＊＊

「ラメル様、大丈夫かしら。昨晩もあまり眠っていらっしゃらないのに」

「それはフェリ様もでしょう？　それよりいいのですか？　ラメル様を護衛に残してしまって」

「そうは言っても断れる話じゃないでしょう？　半日後にはロネタ国に着くのです。リーズメルモ国を代表してきたようなものなのに皇女様とわかって無下にはできないです」

「でも、皇女様、ラメル様のことすっごく気に入っていますよ？」

「よほど怖かったのでしょうね……」

「恋しちゃったかもしれませんよ？」

「まさか、聞けば皇女様は十四歳だとか。親御様から離れて不安なのに怖い目にあったのですよ。ラメル様が頼もしく見えたに過ぎませんよ」

「頼もしく見えたカッコいい騎士に恋しても不思議じゃないじゃないですか。……と言ってもどうしようもないですけれどね」

「そうですよ。とにかく王宮に無事に送り届けられるよう祈りましょう。後はゼパル様が上手くやってくださるわ。ふう」

「疲れていますね、フェリ様」

「ええ。まあ」

「どのみち絶倫宰相補佐様から睡眠を獲得できるのだから、良かったのかもしれませんね」

「オリビア？　何か言いましたか？」

「いいえ。ラメル様はさぞかしこの衣装を着たフェリ様を愛《め》でたかったのだろうなぁと思いまして」

「……ラメル様の執事服も大事に取っておいてくださいね」

「……相思相愛で良かったです」

ため息をつきながらオリビアが私の着ていた服を箱にしまってくれました。とにかく、ラメル様には申し訳ありませんが今夜はぐっすりと眠れそうです。そうして私は早めの就寝をさせてもらったのでした。

2　その夫は異国で偽の護衛騎士となる――魅力ある夫は困り者である

港に着くと早速ロネタの騎士たちが十数名、血相を変えて皇女様を迎えに来ました。これだけ手厚く保護されれば大丈夫でしょう。ラメル様の仮護衛役の荷が下ります。ラメル様も本来の服装に着替えて私と共に船を降りる予定でした。

「ソテラ様！　お願いです。せめて姫様が王宮に着いて安心されるまで側《そば》にいてあげてください」

「いや、しかし、ロネタの騎士たちも来たのですから」

「前にも申しましたが、行き先は同じではないですか。こんなに姫様が怯《おび》えておられるのです。どうか。お願いいたします」

一度着替えに部屋に戻ったラメル様でしたが、皇女様側に王宮までの付き添いを懇願されてしまいました。

「ゼパル王子から、ソテラ夫妻もご一緒にお連れするよう伺っています」

ロネタの騎士たちにまでそう言われては、ラメル様もついていくしかありません。行く先が同じなのですからお迎えは一度に済ませたいでしょう。皇女様を守るように取り囲んだ一団の後を私とオリビアがついて歩くような形で船を下りました。

「なんだか強引ですよね。いくら皇女様が大事だって言っても私たちだってリーズメルモ国からのお客だっていうのに」

「不測の事態ですもの。仕方ないでしょう。王宮までのことですから我慢しましょう。ラメル様が一番困惑しているでしょうしね」

「あの不機嫌をフェリ様が収めさせられるって気づいていますか？」

「怖いことを言わないでください」

「これ、絶対皇女様がラメル様に恋しちゃったパターンですよ」

「……」

オリビアの言葉に不安がないとは言えませんが、どうすることもできないのも事実です。どのみちラメル様は護衛にはならないので、しばらくの間我慢するしかありません。

魅力的な旦那様を持つというのは大変なことです。しかも、あんなに強くてカッコいいところを見せられたら、どんなご婦人も憧れてしまうのも無理はないのです。実際、私だってラメル様のカッコよさにノックアウトさせられているのですから。

「暴漢に襲われている皇女様を救った時のラメル様といったら、それはもう騎士姿も相まって、ものすごく素敵だったのです。オリビアは見られなかったからわからないでしょうけれど、本当にあんなにお強いなんて」

「はあ。もうこの夫婦は……。フェリ様、さっさと行かないと置いていかれる勢いですよ。セゴア様にお会いしたいのでしょう？」

「もちろん。オリビア、お祝いの品は出してあるかしら」

「お祝いの品は確認して運んでもらっています。さあ、行きましょう。先ほどからラメル様も何度もこちらを窺《うかが》っていますから」

「わかりました。下りると一層、乗っていた船の大きさに感動しますね」

「……そうですね。本当にラメル様の視線が痛いのでフェリ様、前を向いて歩いてください」

「お天気で良かったです。オリビアだってロネタに一度行ってみたかったって言っていたではないですか。前方に見える山に大きな建物がありますね。あれが王宮でしょうか。それとも神殿かしら」

「とにかく向かいましょう」

王宮から手配された豪華な馬車に乗せられて窓の景色を眺めました。ラメル様は私と共に乗ると主張していらしたようでしたが、ここでも皇女様がラメル様を指名されたようでそれも叶《かな》いませんでした。

モヤモヤしないでもないですが辛抱です。皇女様が危険な目にあうといけませんし、何よりラメル様が一番我慢されているのですから。

リーズメルモ国とはまったく違った異国の建築物が目を楽しませてくれます。前々からロネタに興味があったオリビアも、なんだかんだ言いながらも一緒に窓の外を楽しんでいました。潮風と白い壁の続く建物。綺麗《きれい》に並ぶ石畳が可愛《かわい》らしい街並みです。

あちらこちらに国教であるパナ教の小さな女神像も設置されていて信仰深い国民性も垣間《かいま》見られます。

「ロネタ王は、女神パナの末裔《まつえい》と言われる大祭司様ですからね。私はパナ教徒ではないけれど、もしもお目にかかることができるのならこんな光栄なことはありませんね」

「今回は皇女様とご一緒になりましたから、このまま会える可能性は高いでしょうね。ロネタ王は、堅実な性格と聞いておりますが、あの明るいゼパル様にお顔立ちは似ているのですかね。どのみち、美形でしょう。ワクワクしますね」

「ふふ。オリビアって、美形好きでしたか？　そう言えば、皇女様は、ゼパル様のお姉様の娘様……ということは、ゼパル様の姪御《めいご》様ですね」

「そう聞きましたね。でもあの銀髪はきっと皇帝譲りなのでしょう。なかなか見たことのないない髪色ですから」

「確かに。あの水色にも見える銀髪は見たことがありません」

もちろん、ゼパル様とセゴア様似の王子様に会うのが一番の楽しみです。オリビアとそんなたわいもない話をしながら窓の外を眺めました。異国の風はいつもと違った匂いがします。

――本当はラメル様と一緒に眺めたかったな。

なんて少し寂しく思いながら後でラメル様に甘えてみようかな、といつもなら考えないようなことも考えてしまいました。

しばらくして王宮に着くとすぐロネタ王との謁見がありました。ロネタ王がお住まいになる王城は、街を見下ろす丘の上にあり、対になるように神殿も建てられていました。廊下の天井は美しい女神の絵が描かれ、細かな装飾が施されています。謁見の間も教会といえそうな高い天井に、ステンドグラスで女神と聖騎士の物語が描かれています。王座に座るロネタ国王は白に金縁のローブを羽織られていました。

本当ならラメル様と私はゼパル様の友人として、晩餐《ばんさん》の時にロネタ王に紹介していただき、顔を見せる程度になるはずでした。こんなにじっくりと拝見することになるなんて思いもよりません。想像していたよりロネタ王はゼパル様に似ていますが、威厳があり、ずっと落ち着いた感じです。

異国の地で頼る人もいないので、ロネタ王の隣に立つゼパル様を見つけた時は心底ほっとしました。ビアンカ皇女と怪我《けが》をした護衛と侍女。なぜかその後ろにラメル様がいるのを私はオリビアと眺めています。

まずは渡された皇帝と皇妃からの書状を読んだロネタ王は侍女と護衛にいろいろと質問していました。

「可哀想なビアンカ。声が出なくなるほどの精神的苦痛を受けたとは。ヤハナの願いを聞き入れ、ビアンカをここで保護することを約束しよう。大臣、港を閉鎖する。ビアンカに危害を及ぼす者は排除する」

王のその言葉で私と前方にいたラメル様の目が合いました。オリビアも驚いて固まっています。ちょっと待ってください。私たちは三日後にはリーズメルモ国に帰るためにここを離れる予定なのです。

そのことに声を上げたのはゼパル様でした。

「待ってください、父上！」

「ゼパル、発言を許した覚えはないぞ」

「しかし、港を閉鎖だなんて急すぎます」

「ビアンカの安全のためだ。客人には申し訳ないが運が悪かったと思って辛抱して欲しい。なに、ガウェイ様が問題を解決されるまでだ」

ガウェイ様というのはベテルヘウセ帝国の皇帝ガウェイ＝ヘッセ＝ベテルヘウセ様のことでしょう。問題の解決にどのくらいかかるか不明な今、不安が募ります。口出しなどできませんが、私たちの帰りを待っているローダのことを考えると困ったことになりました。

「フェリ様、大変なことになりましたね」

「……そうですね」

オリビアも不安そうです。とにかくラメル様と話し合わなければなりません。王との謁見が終わり次第、ゼパル様に相談できればいいのですが。

「では、皆、ご苦労だった。ビアンカを部屋にやって休むと良いだろう。詳しいことは追って大臣より伝える」

そう言うと王は慈愛に満ちた目でビアンカ様を見てから退出されました。


「ラメル！　フェリ！」

王が退出した後にゼパル様が駆け寄ってきてくれました。ラメル様も私の方へと来てくれます。少し離れただけなのに思っていたより不安だったのか、ラメル様の服の裾を掴《つか》んでしまいました。

「心細かったのですか？」

耳元でラメル様に聞かれて小さく頷《うなず》くと、手を繋《つな》いでくださいました。

「よく来てくれた。礼を言うよ。しかし、こんなことになるなんて、私たちの祝いに来てくれたのにすまないな。できるだけのことはするから少しの間、我慢してくれ」

「まずはお祝いを言いたいところですが、それはまたセゴア妃もいる時にでも。できれば現状をリーズメルモ国に知らせたいです」

「それは大丈夫だ。巡礼船でここに降りた者は祖国に連絡が行くようにする。閉港の間の住居と食事も保証するつもりだ」

「しかしそんなに簡単に港を閉鎖できるのですか？」

「ロネタは神の一族の国だ。他の国に干渉しないために港を閉鎖し諸外国との交流を断つことは珍しいことではない。むしろ他国の海が海賊船ばかりだった頃は、ほとんど港の門は閉まっていたからな。そのため、ロネタ国は易々と侵入を許さない地形となっている」

「それでは、中に入った者もそう易々《やすやす》と出られないのでしょうね」

「あー、それは本当に申し訳ない。とりあえず、ラメルとフェリは私の宮に来てくれ。ここに滞在する間は自分の家だと思ってくれていいからな。フェリ、セゴアも宮で迎えの準備をしているから楽しみにしていてくれよ」

「ありがとうございます、ゼパル様」

「リーズメルモでは世話になったんだ、こちらでは精一杯もてなされてくれ。荷物はすでに運んであるから、早速宮へ。案内する者をつけよう」

ゼパル様がそう言って案内人を私たちに紹介した時、ガタン！　と物音が聞こえました。

「え？」

後ろを見るとこちらを蒼白な顔で見ているビアンカ様が今にも倒れそうに侍女に支えられていました。

「どうかしたのか？」

その様子を不審に思ってゼパル様が声をかけました。

「その、どうか、ソテラ様をこちらの護衛騎士に入れてもらえないでしょうか……」

恐る恐るといった感じで侍女がそんなことを口に出しました。

「何を言っているのだ。ラメルはリーズメルモ国の未来の宰相になる男だ。騎士ではないし、ましてビアンカの護衛騎士になど、なれるはずがないだろう」

ゼパル様のもっともな言い分に私とラメル様も頷きました。

「船でソテラ様に助けていただいてから、姫様がご安心できるのはソテラ様がお側にいる時だけなのです。騎士ではないとおっしゃいましたが、その実力はこの目で確かめさせていただいています。まさに、ソテラ様のお姿は女神を守る聖騎士様なのです」

「……聖騎士？」

「船で襲われたとは聞いたが、ラメルがビアンカを助けてくれたのか？」

「ええ、まあ。成り行きですが」

ラメル様がゼパル様に船でのことを簡単に説明しました。

「……確かにラメルの見た目は聖騎士そのものだけれど」

「見た目、ですか？」

私が首をかしげているとゼパル様が『ほら、あれ』と天井のステンドグラスを指さしました。そこには女神が天に杖《つえ》を掲げていて光の中から騎士が出てくる図柄がありました。光から出てきたからか、金色の髪に緑色の目で描かれています。——確かにこれで白い服を纏《まと》えば完璧な聖騎士になれそうです。

皇女様がいたベテルへウセ帝国もパナ教の信仰が厚いのでしょうか。不思議に思っている私に、ゼパル様が説明してくださいました。

「リーズメルモ国でもパナ教の信者はいただろうけれど、こちらほど熱心ではなかっただろうから、フェリには不思議に思えるかもしれないな。島国を含めて海に隣接する国をまとめたのがベテルヘウセ帝国だが、元々パナ教が息づいている国々がほとんどだ。帝国がロネタに手を出さなかったのはロネタが神の国でパナ神の怒りを買うことを恐れたからだ。私の姉である聖女ヤハナが皇帝に嫁いだことで帝国が諸国をまとめる力も強固になっているほどだからな」

本国とは違ってこちらでは宗教の影響がかなり強いようです。

地理的にもリーズメルモに一番近いのはロネタで、もっと先のベテルヘウセ帝国がまとめる国々となると、かなり遠くなります。

「ビアンカ姫様は大変信心深い姫様です。聖騎士様ならば必ず助けていただけると安心できるのです」

皇女様の侍女の言葉が半ば強引な言い訳に聞こえていましたが、神様に縋《すが》りたいお気持ちなのかもしれません。そう思っていると『イケメンじゃなかったら絶対そんなこと思ってなかったはずよ……』とオリビアのつぶやきが聞こえてきました。

「ビアンカ皇女の護衛に入れる聖騎士はいないのですか？」

ラメル様がゼパル様に尋ねるとゼパル様が首を振りました。

「聖騎士など物語でしか存在しない。パナ神から聖なる力を得て光から生まれたのが聖騎士だからな」

「私は光から生まれたわけではありませんし、騎士でもありません。皇女様をお守りするなんて訓練も受けていないのに、重要な責務を負えません」

ラメル様がそう言うものの、ビアンカ皇女は一心にラメル様を見つめています。

「……ビアンカ。ラメルは俺の友人で、フェリという愛妻もいるのだ。護衛などさせるわけにはいかない」

ゼパル様がきっぱりとそう言ってくださいました。その言葉を聞いてビアンカ皇女はがっかりしたように下を向きました。諦めてくれたのか、と思ったのですが……。

「姫様！」

皇女様は青い顔をして目から大粒の涙を零《こぼ》していました。

私のことは気にしなくていいのだというように手のひらをこちらに向けて頭を振るビアンカ皇女。

フルフルと震えながらそんなふうにするものですから、本当に大丈夫なのかと心配になります。これでラメル様と知らんふりしてこの場を離れるなど、さすがに可哀想になってきました。

「……せめてお部屋までは送って差し上げてはいかがでしょうか？」

私がそう提案するとバッとラメル様とオリビアが同時に私を真顔で見ました。

こ、怖いです。

「ラメル、申し訳ないがそうしてくれるか？　ビアンカも怖い目にあったところだからな。後で迎えをよこす」

「……しかし、ついて歩くだけで何もできないのですから」

「そんなことはありません！　何よりも姫様が安心なさいます！」

侍女たちの強い主張に面食らってしまいます。

ラメル様が私の顔をじっと見てきました。

「昨日の服を着て、フェリが体を流してくれるのなら行ってきましょう」

「え」

ラメル様が私にそんなことを言いだしました。なぜ、私が……。

「お願いします！　姫様のために！」

不安そうに涙をためる幼気《いたいけ》な少女のために、部屋に送るくらいはしてあげても罰は当たらないと思うのですが……。

「ラメル、お願いできないか？」

「……」

黙る魔王に根負けした私は『お背中流しますから行って差し上げてください』と申し上げました。

＊＊＊

「すまなかったな。ビアンカは普段は我がままを言わない、大人しい性質なんだ。ベテルへウセ帝国のためにいつもパナ神に祈っているような姫でな。まあとりあえず、私の宮である水晶宮に向かってくれ。セゴアが首を長くして待っているだろうからな。国からは出られないだろうが、国内は夫婦で楽しんでくれ」

「お気遣いありがとうございます」

「では、また後で会おう」

ゼパル様と別れたあと案内人に先導されて、オリビアと一緒に城の門をいくつか抜けました。

「なにあの侍女たち⁉　自分たちのことは棚に上げといて、人に頼りすぎじゃありませんか？　フェリ様は、ほんとに人が良いのだから！」

道中、ぷりぷりとオリビアが怒ってくれますが、でも実際問題どうしようもないです。これからロネタでお世話にならなくてはならないのに、ロネタの国王が大切に守ろうとする皇女様を邪険に扱うことなんてできません。

「そうは言ってもあれ以外に方法はないではないですか？」

「まあ、そうですけど！」

「お着きになりました」

案内人が衛兵に声をかけると大きな白いドアが開きました。どうやらここからがゼパル様の宮であるようです。ステンドグラスのキラキラした廊下からは少し落ち着いた白を基調とする素敵な宮です。

「先ほどの謁見の間があるのが中央の黄金宮でございます。黄金宮にはロネタ王とゼパル様の兄の王太子夫妻、第三王子のナパル様のお住まいがあります。王太子夫妻は布教活動もかねて一年間隣国に駐在されていますので今はお留守でございます。さ、セゴア妃がお待ちですので奥へとお進みください」

促されるまま、そのまま進み、最後の大きな扉が開くと赤ちゃんを抱いたセゴア様が立っておられました。

「フェリ様！　会いたかったわ！」

「セゴア様！」

出迎えてくれたセゴア様と簡単にハグをして挨拶を交わしました。そのまま応接間に通されると、すでにお茶のセットがされていました。

「到着したと聞いていたのですが、なかなか来られないので心配しておりました」

「船から皇女様とご一緒にここに来ることになって、先ほどロネタ王と謁見していたのです」

「皇女様？　ビアンカ姫といらしたのですか？」

「ええ、まあ」

「ラメル様はどこに？　ゼパルと一緒なのですか？」

「いえ。後で合流する予定なのですが……」

ふえええぇ。

そこで可愛らしい鳴き声がセゴア様の腕の中から聞こえてきました。

「まあ、立派な王子様ですこと！　なんて可愛いのかしら」

セゴア様の腕に抱かれた赤子はふにゃふにゃと口を動かしておられました。ふくふくして愛らしい王子様です。

「ラシード様はゼパル様にそっくりですね」

「やはり、わかりましたか？　ワインを一緒に贈ればすぐに名前などわかることだから最初からお知らせしようと言ったのですが、『謎解きにロマンがある』とか言って聞かないものですから」

「特別なワインでしたから自慢されたかったのでしょう。ジョシア様もワイナリーを持ちたいと言っておられました。お子様のためにワインを作り、しかも味はセゴア様の好みに合わせてるなんてとてもロマンティックで羨ましいとミシェル様と話していたのです」

「……え、好みって」

「違いましたか？　女性の好みそうな甘くてフルーティなワインでしたから」

「……」

「え、あの、私は、その、妊娠中と産後でお酒は飲めなかったので、味までは確認できていなくて。え、そうなのですか？」

「ご馳走様でした。ワインの味を確かめる楽しみが増えましたね。オリビア、青い箱をここに」

できる私の侍女はすぐに荷物を確認して、祝いの品を持ってきてくれました。

「こちらの箱はリーズメルモの王太子夫婦よりお祝いの品です。そしてこちらはソテラからです」

「早速開けてもいいかしら」

「その間、王子様を抱かせてもらっても大丈夫でしょうか？」

「あら、フェリ様なら大歓迎よ」

そうっとラシード様をセゴア様から抱き取ると懐かしい小さな重みを感じました。ふわふわしていてなんて可愛いのでしょう。幸せです。

「まあ、剣だわ！　素敵！　男の子の魔除けね。こちらのローブもなんて柔らかい素材なのかしら！　色も素敵だわ。ありがとう！　フェリ様！　ミシェル様にもお礼を言わなくちゃいけませんね」

贈り物に喜ぶセゴア様にホッとして、ラシード王子を乳母にお渡しするとゼパル様がいらっしゃいました。

「ゼパル、見てください。こんなに素晴らしい贈り物を頂いたのよ」

「よかったな。心のこもった品だ。感謝する」

「あら？　ゼパルはラメル様とご一緒ではなかったのですか？」

「ラメルはビアンカのところにいるんだ」

「ビアンカ姫のところに？」

「ああ、それがな……」

不思議そうにするセゴア様に、ゼパル様が今までの経緯を説明されました。

「まあ！　ビアンカ姫が危険な目にあっただなんて。怖かったでしょうね。フェリ様は大丈夫だったのですか？」

「私はなんともありません。心配していただいてありがとうございます」

「セゴア、それでなんだが、ビアンカを守るためにと港を閉鎖することになった。だからその間はラメルとフェリをこの宮で預かることにする」

「えっ、そんな。フェリ様はローダをリーズメルモに置いてきていらっしゃるのに？」

「父が決めたことだ。安全には代えられない」

「なんてこと……。こんなことになって、どうお詫《わ》びを申したらよいか……」

「いえ。セゴア様のせいではありませんし、タイミングが悪かっただけです。申し訳ありませんが夫婦共々お世話になります。ローダのことは義母《はは》に任せていますので」

「ローダは賢い子だものね。きっといい子にして待っていますわ」

「ええ」

「それにしても、ラメル様が聖騎士ですか。似合いすぎてなんとも」

「皇女様に気に入られたことは光栄なのでしょうけれど」

「本当に迷惑をかけるな」

「いえ」

すまなそうなゼパル様にどう言葉を返していいかわかりませんでした。

それから案内してもらった客間に荷物を運びました。最後に見たビアンカ様の様子を思い出すと少し不安な気持ちもありますが、しばらくは様子を見ることしかできないでしょう。ラシード王子を抱かせていただいて少しだけ気分が浮上したように思います。贈り物も喜んでいただけて一安心しました。

「イケメンを旦那様に持つと苦労が絶えませんね」

ポツリと言うオリビアの言葉に頷き、約束のメイド服は箱に入れたままベッドの上に置きました。

ゼパル様が誘ってくださった、この宮の晩餐に出席するために着替えて、ラメル様を待ちました。けれども。

晩餐にもラメル様は姿を見せず。私の元へ戻ってこられたのは、夜が更けてからでした。

＊＊＊

「フェリ様、お顔の色がすぐれないようですが」

「いえ、少し寝不足なだけです」

朝になって、心配してくださったセゴア様になるたけ不自然にならないよう笑って答えました。

「きっとリーズメルモからこちらへ来て、いろいろとあったのでお疲れなのでしょう。朝食後に宮を案内しようかと思っていましたが、少し休んではどうですか？　お昼にご連絡しますね」

「お気遣いありがとうございます、セゴア様。フェリ、少し休んだ方が良いですよ。お言葉に甘えましょう」

私の代わりになぜかラメル様が返事をします。ゼパル様は何か気づいているようで、呆《あき》れた顔をラメル様に向けておられました。

ゼパルご夫妻に誘っていただいて朝食を一緒に取ることになりましたが、疲れ切った私の顔を見てセゴア様が心配してくださったようです。もちろんいろいろなことがあって疲れていますが、今朝の疲労は夜更けに帰ってきたラメル様にお約束を果たしたせいです。

ええ。メイド服を着させられましたとも。

私を疲れさせた張本人は夜中に帰ってきて、かなり張り切ったはずですのにこの爽やかさです。体力……体力なのでしょうか。

「しかし、昨晩はなかなかビアンカのところから帰ってこられなかったようだな。何かあったのか？」

「それが、私が役目を終えたとフェリのところへ行こうとすると、ビアンカ皇女が泣き出したり、窓の外の鳥の鳴き声にも驚いて倒れたりと……」

「うわぁ。なんだそれ、どうなっているのだ」

「私も、何がなんだか。とりあえず、私がいないと眠れないと言われたので皇女様が眠ったところでこちらへ来たのです」

「ちょっと待て、じゃあ……」

「ゼパル様、王がお呼びです」

このタイミングで黄金宮の王の使いがゼパル様の元へやってきました。

「……嫌な予感しかしない」

「「……」」

それでも『行ってくる』と言ったゼパル様の背中を見送ることしかできませんでした。

＊＊＊

「王命ではないのだ。あくまでも父からのお願いなのだよ。ビアンカの心が落ち着くまでいいから、その、ビアンカの護衛騎士として側にいてやってほしいと。その代わり、ラメル夫妻の身の安全、快適に我が国で過ごせるようあらゆる配慮をするとのことだ。むろん、仕事として滞在中の報酬も出すと」

「ですから、私は騎士として教育されてきたわけではありませんし、なるつもりもありません。ロネタへはラシード様のご誕生のお祝いとワイナリーの視察を目的としてきたのです。当然、リーズメルモの宰相補佐として、です。しかも一人ではありません。妻と、です」

「わかっている。ラメルの言いたいことは十分わかっているのだ。けど、父は孫可愛さになんとかラメルをビアンカの側に置きたいのだよ。昨日、一緒にいてわかっただろう？　小さな物音にも怯えて睡眠もとれない。ラメルが偽物でも聖騎士としてビアンカの側にいてくれたら、あの子は安心して眠れるそうだ。こんなことになって本当に申し訳ないと思っているが、ここは、ビアンカが落ち着くまでなんとか我慢してくれないだろうか。このままではビアンカは夜も眠れず衰弱してしまう。もちろん、様子を見てラメルがフェリと過ごせるようにちゃんと交渉する。この通り、お願いだ」

しばらくして戻ってきたゼパル様の顔を見て、こうなるような気がしていました。ラメル様を見るとゼパル様を見てジッと考え事をしているようです。

「私はリーズメルモの国民ですので、お願いを聞く必要はないはずです。それで王宮で世話になるな、と言うのであればここを出て開港するまで屋敷を借りることも可能です」

「ラメルが有能で金にも困っていないことは十分わかっている！　でも、ほら、あのガウェイ皇帝にも恩を売れるし、損はないはずだ。護衛騎士といっても本当に護衛する必要はないし、ふりだけでいいのだ。ラメルぅ！　親友のよしみで！」

「……」

ああ。魔王が降臨しそうです。リーズメルモでもずっと激務をこなして、ちょっとしたご褒美にロネタを訪れたというのに、皇女様にお仕えするなんて気の重い仕事を引き受けさせられようとしているのです。

きっとラメル様の頭の中はフル回転で問題を回避する方法を引き出そうとしていることでしょう。

どちらの味方につくわけにもいかず、見守っているとゼパル様の視線を感じました。

「フェリ、暗殺されそうになって、目の前で幼馴染《おさななじみ》の侍女を失くして、会話までままならないビアンカはとても可哀想だと思わないか」

「そう思いますが……」

「ゼパル。フェリ様を味方につけようとするのはやめてください。ビアンカ姫はとても可哀想ですが、その問題をソテラご夫妻に押しつけて良いということではありません。しかも、いくらラメル様が聖騎士に見えたからといって強引です。それにビアンカ姫がもしもラメル様に強い憧れを持ったとしたら今のうちに離した方が親切かもしれませんよ」

「セゴア……憧れって、ビアンカがラメルに恋したってことか？」

「その可能性を否定できますか？」

「……でも、ラメルには妻がいるのは皆、知っていることだ。パナ教では不貞は重罪だぞ！　しかもビアンカはまだ十四歳だ」

「私の初恋は八歳だったかしら」

「へっ!?　ちょっ……」

そこでまたドアをノックする声が聞こえました。

「ゼパル王子！　ソテラ様をお連れできませんか!?　実は、また姫様が倒れられたのです！」

ドンドンと焦ってドアを叩《たた》く音とその声に皆沈黙するしかありませんでした。自室まで呼びにやってきて急がせるとは、やはり少し過剰な気がします。

「……ラメル様、大変かもしれませんが行って差し上げてください。私もとっても寂しいですが、ちゃんとお帰りを待っています」

キュッとラメル様の腕を両手で掴んで胸を押し当てました。きっとわかったことでしょう。お望みの下着を私が身につけていることを。ラメル様は無言で私の額にキスを贈るとふう、とため息をついてから
「しばらく、皇女様が落ち着くまでです」

と了承されました。

＊＊＊

「こんなことになってしまって申し訳ないです」

「いいえ。セゴア様のせいではありませんもの。気に病む必要はないのです。セゴア様こそ産後でお辛《つら》いのではないのですか？」

「ラシードの世話は乳母がしてくれていますが、出産って大変ですのね。正直に言いますと万全の体調というわけではありません。でも、だからといって部屋に籠り切りでは気が滅入ります。こうしてフェリ様と宮の中を散歩するのは良い気晴らしになります。お手紙は送り合っていましたので心が離

れた気はしていませんが、ずっとフェリ様とお会いしたかったです」

「そう言っていただけると嬉《うれ》しいです。私もずっとお会いしたかったですよ」

私がそう言うと頬を染めて微笑《ほほえ》まれるセゴア様はとても可愛いです。あれからラメル様はビアンカ皇女の元へ行きました。私はラメル様の言いつけもあって部屋でお昼まで休むことになり、約束通りにセゴア様が宮の案内を買って出てくれました。

中央を通るように水がためてあり、左右からは放物線を描きながら細い噴水が出ています。取り囲む緑は人の手で四角くカットされており、なんともユーモラスで可愛いです。

「今、私とゼパルが暮らしている宮が『水晶宮』と呼ばれている場所です。王が住んでいるのが中央宮で『黄金宮』とも呼ばれています。日が沈む前に白い壁が日の光で黄金色に染まるのは美しいですよ。この先に続く回廊の先には神殿があります。それとは別に城の外には教会が作られていて、そこは国民に開放したパナ教の立派な大聖堂です」

「神殿と教会は別なのですか？」

「ええ。神殿はパナ神が降り立つ神聖な場所で、教会はパナ教を広める施設です」

「なるほど、そういう考えなのですね」

「私がもう少し動けたら大聖堂をご案内して、ついでに街でフェリ様に散財させてあげられたのに残念です。でも、商人を呼ぶことはできますから、欲しいものがあればなんでも言ってくださいね」

「え？　街にも出てみたいですが特に欲しいものは思いつきません。でもどうして散財させるなんておっしゃるのですか？」

「だって、大切な夫を貸し出しているのですよ？　そのくらいして王もゼパルも困らせてやればいいのです。まったく、はるばる来てくださったお二人を困らせるなんて」

「セゴア様が私を想《おも》ってくださるだけで救われます」

「……誰も責めないなんて本当にフェリ様は心根が優しいわ。あっ」

「え？」

「ナパル！」

前方の回廊に白い服を着た男性がいました。どうやらセゴア様のお知り合いのようです。

「セゴア様、お散歩ですか？」

「リーズメルモ国から来てくださったお友達にお庭を見せてあげているのです」

背の高いその人を見ようと顔を上げると碧《みどり》色の瞳とぶつかりました。光を吸っているところが金色に見える少しカールした深い茶色の髪に鼻筋の通った彫りの深い美男子です。どこかで見たような、と思っているとセゴア様が紹介してくださいました。

「こちらはフェリ＝ソテラ様です。ラシードの誕生祝いにリーズメルモ国からご夫婦で来てくださったのだけれど、港が封鎖されてしまったのでしばらく水晶宮で暮らすことになっています。フェリ様、こちらはゼパルの弟君でナパルです。神職のお仕事をしているのですよ」

ゼパル様の弟君ということは第三王子ということです。よく見るとなるほどゼパル様と似ています。

どこかで、と思うはずです。

「フェリ＝ソテラです。しばらくお世話になりますが、よろしくお願いいたします」

「いえ。災難でしたね。けれどもロネタは見学すべき場所がたくさんある国です。パナ神のご加護が貴方《あなた》にありますよう、私も祈らせていただきます」

「ありがとうございます」

ナパル様はにっこりと笑って『それでは』と回廊に戻られました。その先には神殿があるのでそちらに向かわれるのでしょう。

「ふふ。ナパルの方がゼパルより年下なのに落ち着いているでしょう？　ナパルはご兄弟の中でも一番信心深くてパナ教の普及に力を入れています。数年後には司教として教会でパナ教の普及を任されるのではないかって皆、言っています」

「司教というと？」

「ナパルは今、神殿と教会をかけ持ちして働いているのです。ちなみに神殿はロネタ王が大祭司として、教会は王弟であるセネカ様が大司教を務めてらっしゃいます」

「いずれは教会の方で司教に、ということですね。おいくつなのですか？」

「二十二歳です」

「……凄く落ち着いておられるのですね」

ゼパル様を思い浮かべるとなるほど、どんなにナパル様が落ち着いて見えるかがわかります。まあ、

愛嬌《あいきょう》があるところがゼパル様の魅力ともいえると思います。

「そろそろお部屋に戻りましょうか。ラシード王子もお昼寝から目覚めているかもしれません」

少し肌寒そうにしたセゴア様を見てそう声をかけました。

「私はもう少し平気ですよ？」

「油断は禁物です。セゴア様の健康が皆様の喜びですよ？」

「フェリ様には敵《かな》いませんね。そうですね、時間はたっぷりありますから、またご案内しますね」

その後セゴア様のお気遣いで私は水晶宮の客人としてお庭を自由に見て回ることを許されました。

どうやら私は緑に癒《いや》される性質《たち》のようです。

結局、ラメル様はビアンカ皇女のところへ日参することになり、本当に護衛になったようなものでした。元々ついてきただけの私は何もすることがありません。

観光なども勧めていただいていますがラメル様がお仕事をしているのに、私だけ外に出ても楽しめるわけもなく、しかも外に出るには私のためだけに護衛を頼まないといけないというので、遠慮してしまいます。

仕方なく部屋で刺繍《ししゅう》などして過ごす日々です。なんだかラメル様と結婚した当初を思い出します。

セゴア様の心遣いでリーズメルモの本も何冊か届けていただきました。セゴア様のチョイスが恋愛小説かと思いきや、推理小説だったのが意外でした。——面白かったです。

＊＊＊

「ビアンカ皇女の様子はいかがですか？」

五日ほど過ぎても現状は変わりませんでした。その日はお昼の間に水晶宮に帰ってこられることになったラメル様ですが、日に日に元気がなくなってきているように思えます。

「……相変わらずですね。早く落ち着いていただきたいものです。ビアンカ皇女もなんとか恐怖を克服しようとはしているみたいですが、こればかりは日にち薬でしょうね」

「そうですか。ラメルばかり大変で申し訳ないです」

「私のことは良いのですよ。一人で退屈でしょう？　フェリはオリビアと観光でも楽しんできたらいいのですよ。資金も問題ありませんし、買い物も好きなだけしてくるといい」

「そんなこと、できません」

「フェリ、こちらにおいで」

ラメル様がソファに座って膝を叩きました。いつもなら躊躇《ちゅうちょ》しますが素直に膝の上に座りました。

ラメル様が私の髪を撫《な》でながら指に絡めていきます。

「正直、私がビアンカ皇女のところへ行くのをフェリが勧めたのは寂しかったです」

「それは……」

「わかっています。貴方が皇女様の状況を考えてそうしたことも。私の立場を考えてもそうした方がいいこともね。でもフェリには『私の側にいて欲しい』と我がままを言って欲しかったのです」

「……」

思っていても私には言えない言葉です。ラメル様の気持ちにこたえられない不甲斐《ふがい》ない嫁です。結局、私の助言で大変な思いをしているのはラメル様なのです。下を向く私の頭をラメル様が諭《さと》すように撫でてくださいました。

「もう少し、私を頼ってもらっていいのですよ。『寂しいから、相手をして』とか『私を蔑《ないがし》ろにするな』とか怒ってもいいのです」

「そんなの、ラメルのせいでも、誰のせいでもありません。寂しい、ですけれども……」

「私も寂しいですよ。もう少しフェリとの時間を取れるようにゼパル王子に交渉します。いくらここでお世話になっているからと言って、このままなし崩し的に偽護衛をやらされるなんて冗談じゃない」

「そんなこと可能なのですか？」

「フェリ？　もう少し我がままになって。貴方がしたいことを言ってみて」

「……では、私、ラメルと街に行ってみたいです」

「わかりました。そうしましょう。デートですね」

「デート……です」

「では、約束です」

「本当に？」

「本当ですよ」

窺う様にラメル様を見て、やっぱりこんな時には微笑んで欲しいと頬を両手で上げました。

「約束ですよ」

こくんと頷くラメル様に顔が緩んでしまいます。

こんなことで、と言われるかもしれません。でも、ラメル様とデートできると思えば心が軽くなるのが自分でもわかります。すぐには無理でもきっとラメル様は時間を作ってくれるはずです。

「嬉しいです」

「では、その嬉しさを態度で表現してください」

「……」

そう言われて恥ずかしく思いながらもラメル様の唇に吸いつきました。そのまま、ソファの上に押し倒されたのはもう必然としか言いようがありません。

＊＊＊

「あら。今日のフェリ様はご機嫌ですね。元気がなかったので心配していました」

「オリビア、心配をかけてごめんなさい。それがね、ラメル様に一緒に街に行けるように交渉してくださると言っていただけたの。参考になる観光の本なんてあるかしら」

「まあ！　良かったですね！　何冊が翻訳されているものを書庫で見かけましたから、それをお持ちしますね」

「ええ」

朝、機嫌よくラメル様を送り出した後、デートの予定を決めるべく、オリビアに本を持ってきてもらうよう頼みました。

今朝からラメル様は届けられた新品の白色の騎士服を着て出勤していきました。それまでは紺色の王宮の護衛騎士たちと同じものでしたが、聖騎士を意識した真っ白の騎士服です。きっと特別に作らせたのでしょう、ラメル様の体にぴったりでした。

とてもお似合いですが、ビアンカ皇女が作らせたのかと思うとモヤモヤしていました。

「フェリ様、参考になりそうな本を持ってきました。……で、小耳に挟んだのですが、ラメル様の白い騎士服、あれ、あのいけ好かない侍女たちが張り切って作らせたらしいですよ？」

「そうはいっても、ビアンカ皇女のご指示なのでしょう？」

「いいえ。ビアンカ皇女のお力を笠に着て制作したらしいですが、勝手したようで出来上がりを見て皇女様は侍女たちを窘《たしな》めていたそうですよ。確かにお似合いでしたけど、白色の騎士服なんて催事の時くらいですよ。ラメル様を聖騎士に見立てたいだけです。ホント、よくもまあ、あそこまで勝手なことをするものですね」

「ビアンカ皇女が大切なのでしょうけれど、ちょっとやりすぎですよね」

てっきりビアンカ皇女が作らせたのだと思っていたので少し拍子抜けしました。仕える主《あるじ》が大人しい少女ということもあって侍女たちが出張ってしまうのでしょうか。

「どのみち、あんなに素敵な聖騎士を見てしまっては皇女様も許してしまうでしょうけれど」

白い騎士服を着たラメル様を思い出すと『ハア』とため息が出ます。

確かにあれだけ似合っていたら、着ていて欲しいと願うのが乙女心だと思うのです。ラメル様がビアンカ皇女のことをそれほど嫌がっていないのも、周りのお付きの者は置いておいて、ビアンカ皇女はそれなりに頑張っておられるからでしょう。声も思うように出せず、そんな健気《けなげ》なビアンカ皇女を悪く思うわけにもいきません。

「オリビア、本を見せてください」

とにかく、ラメル様とデートができるのですから余計なことは考えないようにしないと。

セゴア様もご用事があるようで、一人で過ごすことになりましたが、オリビアもいてくれるので困ることはありません。昨日までは部屋から出ることもなく、刺繍をするくらいで退屈していましたが、今日は違います。なんたって、デートプランを立てるのですから。

「やはり、街の中心にある聖地カラナの広場は外せませんよね。とても美しい女神像が立てられていて大聖堂の前には巨大な噴水があると書いてあります」

「お土産が購入できるようなお店もリストアップしましょうね。後でセゴア様にも見てもらいましょう」

「ありがとう、オリビア」

「私はラブラブカップルの邪魔をしないように忍んでついて回ります」

「ふふ、忍ぶだなんて、オリビアの行きたいところも教えてくださいね」

「ラメル様が人目を気にされるとは思えませんがね。お邪魔しないようについていきます。むしろ見せつけられそうですけれど。まあ、なんにせよフェリ様が楽しそうで嬉しいです」

それからいろいろと資料を見て、回る順番を決め、食事をする店を探しました。ロネタに来てワクワク楽しかったのはこれが初めてかもしれません。

ローダを残してきた心配、ラメル様のいない寂しさで気持ちが落ち込んでいたのです。その晩、戻ってきたラメル様にデートプランを見せて希望を聞きましたが、『フェリの計画通りでいいです』と任せていただきました。


「今週末には行けそうですよ」

ラメル様にそう聞いて私の心は一層躍りました。セゴア様にも意見を聞いてお店のリストアップをしてもらい、地図とにらめっこしてルートを考えました。

「完璧かもしれません」

警備のことがあるので、あらかじめ行く先は提出しなければならないようで、観光プランをラメル様に提出してもらいました。

「フェリ様、リーズメルモ国から連絡が来ましたって！」

「本当ですか⁉」

ロネタに来て八日ぶりにやっと手紙が私の元へやってきました。無理を言って連絡を取ったので封は破られて検閲されていますが、家族の手紙ですので気になりません。

「ラメル様のところへもジョシア様から手紙が来ていたみたいですよ。こちらの状況も伝えられたようですし、少し安心できましたね」

「ええ」

お義母《かあ》様からの手紙にローダが書いた手紙も入っています。手紙と言っても私とラメル様がローダを真ん中に手を繋いでいる絵でした。お義母様からはありがたいことにローダのことは任せてくれと書かれていました。

「ローダ……」

ピンクのドレスがローダとお揃《そろ》いで描かれていて、ドレスを描くのに一生懸命だったのかラメル様が私とローダの二回りほど小さく紙の端に追いやられて描かれていました。少しだけラメル様を気の毒に思いながらも胸が熱くなりました。

リーズメルモでローダは私とラメル様の帰りを一人で待っているのです。他国で不安になったからと私がこんなことではいけません。一日でも早く帰れるようラメル様と頑張るべきです。

「お母様はお父様と頑張って、ローダのところへ帰りますからね」

後でラメル様にも見せてあげようと私は丁寧にローダの絵をしまいました。

ローダに元気を貰《もら》って、しかもラメル様とのデートも決まり、少し浮き足立っているのは自覚しています。デートプランを考えるのに頭を動かしたのもよかったのかもしれません。

せっかくロネタにいるのだから、これを機会にロネタのことを知るのもいいかもしれない、と思い立ちました。私はロネタの言葉は会話くらいしかわからないので歴史の本を借りて、オリビアに手伝ってもらいながら読むことにしました。

以前、セゴア様が案内してくださった回廊近くの噴水が素敵でしたので、そこのベンチで本を読みます。と、いっても辞書とにらめっこです。

「やはり部屋の中ばかりではいけません。久々に外に出てよかったですね。あ、膝掛けを持ってまいりますからお待ちくださいね」

そんなに、今までの私は酷《ひど》い顔をしていたのでしょうか。オリビアを心配させてしまっていたようです。

「こんにちは、ソテラ夫人」

集中して本を読んでいると声がかかると共に本に影が差しました。

「こんにちは、ナパル様」

顔を上げるとにっこりと微笑むナパル様と視線が合いました。慌ててご挨拶して立ち上がりましたが、ナパル様にそのままでいいと手で制されました。

「いえ、座っていてください。本を読んでおられるのですか？　失礼ですが流暢《りゅうちょう》にお話になるのでとても外国の方だとは思えません」

「そ、そんなことはないです。日常会話はある程度、なんとかできますが、読むとなると難しいのです。こうやって辞書に頼っているくらいですから」

私がロネタ語の辞書を見せるとナパル様がさらに微笑みを深くされました。なんだか後光が差すような笑顔です。

「努力をする人にはとても好感が持てます。あ、待ってください。その辞書、随分古いものですね」

「古い、ですか？」

語学が堪能なオリビアが学生時代に使っていた辞書を借りているのですが、そんなに古いのでしょうか。

「良かったら私が持っているものをプレゼントいたしますよ」

「そんな。もしよろしければ購入させてください」

「私のお古ですから気にすることはないのです。貴方に光の幸多からんことを」

そう言ってナパル様は去っていかれました。

「フェリ様、今のってナパル王子ですか？」

「そうですよ」

「はあああっ。ラメル様とはまた違った美男子ですねぇ。あの神職のお姿が、またなんともいえないカッコよさになるっていうか、なんというか。で、何を話されていたのです？」

「ああ。オリビアに借りていた辞書が古いから、新しいものをナパル様がくださるって」

「えええ！　ロネタの辞書はなかなか手に入らないのですよ！」

「では頂いたらオリビアに見せますね」

「親切な方ですねぇ。城でも人気らしいですよ」

ナパル様は言葉通りにその晩には辞書を届けてくれました。とてもわかりやすい辞書で、私よりもオリビアが感動していました。

＊＊＊

「……オリビアの方が辞書を抱きしめて喜んでいました。何かお礼をした方がいいでしょうか」

「そうですね。でも神職についておられる王子だから金品で返すのは失礼かもしれません。その辞書を使ってお礼のお手紙を書いてはどうですか？」

「いい案ですね。さすがラメルです」

ラメル様にも報告をするとそう言って私の頭を撫でてくださいました。

「……ラメル、疲れてらっしゃる？」

「――それが、不本意ですが偽護衛でも形ばかりの訓練に参加しているのです。体を動かすのは嫌いではないのですが久々なので筋肉痛で」

「それはお疲れですね。では、ベッドにうつぶせになってください。マッサージしますから」

「本当に？　嬉しいな。では、お願いします」

張り切って私はラメル様のマッサージを始めました。よほど疲れていたのか、私のマッサージが気持ち良かったのか、そのうちトロトロと眠ってしまいました。

――可愛いです。

「ラメル、愛しています」

眠ってしまった横顔にそっとキスをして、そのままラメル様を寝かせました。私はその時、ラメル様の言う『形ばかりの訓練』の内容なんて全くわかっていなかったのです。夜、マッサージでそのまま眠ってしまうのも『慣れない運動して疲れているのだわ』くらいでしか考えていませんでした。ラメル様がわたしの心配するようなことを口にするわけがなかったのです。

私には黄金宮に入る許可がありません。ラメル様がビアンカ皇女の元で何をしているかなんてラメル様の口から聞くだけです。ですから『ただ、顔が見える位置で護衛の後ろにいるだけです』というラメル様の言葉をそのまま信じていました。

――週末のラメル様とのデートプランがダメになるまでは。

「ラメル!?」

「訓練中に足をくじいてしまいました」

日中にラメル様が左足に包帯を巻いて騎士の肩を借りて部屋に戻ってきました。

「どういうことですか？　足をくじくような訓練を受けていたということですか？」

私の言葉にラメル様も隣の騎士も口をつぐみました。

「貴方方は私の夫に何をさせていたのですか？」

「フェリ、モリスは私をいつも庇《かば》ってくれているので……」

「庇う？　偽の護衛騎士を庇う必要が？　――とりあえず、ソファにおかけください。そして、ご事情を話していただきたいです」

オリビアにお茶を用意してもらって、ラメル様の足の具合を聞きます。骨は折れていないということですが足首が腫れているそうです。

「二、三日安静にしていれば大丈夫ですから」

心配する私にラメル様が声をかけてくださいますが、私はやるせない気持ちでいっぱいでした。モリスと呼ばれた騎士が申し訳なさそうに事情を話してくれました。

「ビアンカ姫が異常にソテラ様を頼りにするので黄金宮から配属された護衛騎士たちが妬んでいたのですよ。皆、ヤハナ様の娘であるビアンカ姫を慕っていますので。訓練なんてする必要もないソテラ様に何かと絡んでいるのです。正直、ここでソテラ様が騎士よりも弱ければ彼らも引けたのですが、ソテラ様がお強いので引くに引けなくて……その、ちょっと行きすぎた稽古をつけたのです」

「そんな！　頼まれてそちらにお伺いしているだけなのに！　酷いです！」

「今日のことでいろいろと露見したのでゼパル王子が怒り心頭中です。シゴキに加わっていた護衛騎士は皆、処分を受けるでしょう。ですが……ソテラ様も怪我をしただけでは済ませていません」

「え？」

「一番挑発していた護衛騎士、二人はボコボコですよ」

「骨は折っていませんから優しい対応でしたよ。確かに昔よりは体もなまっていますしね」

その言葉にモリスさんが苦笑していました。どうやら主犯格の二人はラメル様にボコボコにされたようです。

「『赤鬼の将軍』エスタール様に鍛えられていたなんて反則ですよ。あれだけ強くてリーズメルモ国の次期宰相の頭脳の持ち主なんて、妬まれるようなものですから」

「エスタール様はそれほど有名なのですか？」

「稀代の天才と呼ばれた方ですよ。こちらの大陸でも有名ですよ」

「そうだとしても、これは不当な扱いです」

ラメル様の足を見ていると怒りがおさまりません。

「フェリ、心配をかけて申し訳ないです。今回の件は私もちょっと仕返しが過ぎたから、喧嘩《けんか》両成敗で済ませようと思っています。けれど、明日の貴方とのデートには行けそうもありません」

「ラメル様が怪我をしたので仕方ないです。明日は中止いたしましょう」

「それなのだけど、明日はフェリとオリビアで行ってくるといい。観光プランを提出しているから護衛の配置ももう決まっています。フェリは毎日、ほとんど部屋に籠り切りだし、何より観光を楽しみにしていたでしょう?」

「でも。ラメルと行けないなら意味がありません」

「私は部屋で大人しく待っています。お土産は各地で一つずつ。私の我がままを聞いてくれますか?」

「怪我をしたラメルを置いていくなんて……」

「ソテラ様はロネタに数度来られていますから、奥様は少し羽を伸ばしてきたらどうですか? なに、医者にも後は安静で大丈夫と言われていますし、ほら、あんまり素敵な奥様が側にいたら男はカッコつけて痛くないふりしかできませんから」

モリスさんにも勧められて困ってしまいます。本当はラメル様の側にいたいのですけれど。

「二回目の観光の時には二人で感想を言い合うのも楽しいと思いますよ」

ラメル様の最後の一言で私はオリビアと二人で観光に出かけることになりました。その夜はラメル様の体を拭いてちょっと悪戯《いたずら》されたりして過ごしました。

＊＊＊

「うわーっ、素晴らしいですね！」

オリビアと訪れた聖地カラナの大聖堂も女神の広場も素晴らしいものでした。キラキラしたオリビアの顔を見ていると訪れてよかったと思えました。

もともとオリビアが語学に興味があるのは旅行が大好きだからです。文句一つ言わずについてきてくれたオリビアに、少しだけ良い思いをさせてあげることができたようで心が救われました。

「ローダのお土産はすぐに思いつきますが、ラメル様へは難しいわ」

セゴア様お勧めの輸入雑貨を扱う大きな商店でお土産を選んでいると、オリビアがクスクス笑ってきます。

「真剣すぎて可愛いですよ、フェリ様」

「笑ってないで一緒に考えてください。あ、このブーツ……横から着脱できるのですね。ラメル様は足を痛めているからこれはどうかしら？」

「フェリ様、そもそも足を痛めているのですから履かない方がよろしいのでは？　それに、そのブーツは馬小屋の掃除する者が履くブーツですよ」

「ええ？　そうなのですか？　そんなふうには見えないのに」

「どうしてそんなものがここにあるのかは知りませんが、昔お付き合いしていた人が履いていたから間違いありません」

「あ、前に聞いたことがある騎士見習いの彼ですね」

「覚えていたんですか？　そうです。初カレです。ああ、懐かしい。アレが私の初恋でした」

「初恋……」

「あ、今、ラメル様のことを思い浮かべましたね？」

「え？　や、そんな」

図星を刺されて真っ赤になった私はオリビアにからかわれながらお土産を選びました。足りなくなった刺繍の糸やハンカチなどの暇つぶしグッズも購入し、すべての予定を終わらせました。護衛の方にもお礼を言って、少し予定よりも早く水晶宮に戻ります。

やはりラメル様が気になって思い切り楽しむのは無理です。

水晶宮に戻って部屋の方に向かうと、何やらざわざわしていました。もしや、ラメル様に何かあったのかと思って足を速めると部屋の前で衛兵に止められました。このままでは部屋に入れません。いつもの部屋を見回ってくれている衛兵の方でもないし、どうやって説明しようかと思っていると部屋の中から笑い声が聞こえました。

「フェリ様、私、誰か呼んでまいります」

「ええ……」

わけがわからなくて居心地悪く部屋の前で待っていると、オリビアがゼパル様を連れてやってきてくれました。こんなに不機嫌なゼパル様を見るのは初めてでした。

「おい、これはどういうことだ？　私の客人に与えた部屋に当の本人が入れないなんて、ありえないだろう！」

「ゼ、ゼパル王子！　し、しかし、誰も部屋に通すなと申しつけられましたので」

「はあ!?　私の宮で、誰に言われたというのだ！」

「そ、それは……ビ、ビアンカ姫に」

「ビアンカが言ったって？　ほう、ビアンカはそんなに意志を伝えられるほどに快復したのか？　だったらもうラメルも必要ないよな？　いつまで私の客人に迷惑をかけるつもりだ！　しかも、こちらはラメルの妻なのだぞ！　そこをどいて、すぐにドアを開けろ！」

「は、はい！」

飛び上がるように衛兵が横に体をずらしてドアを開けるとその先にはお医者様とビアンカ皇女、ビアンカ皇女の侍女と一緒に来ていた護衛の二人もいました。

「フェリ！」

私に気づいたラメル様が呼んでくれたことで気持ちが少し落ち着きます。

ラメル様はベッドで往診を受けていたようでお医者様が包帯を巻き直していました。けれど私に気づいてさっと手を引いたラメル様が、先ほどまでビアンカ様に手を握られていたことは明白でした。

私の胸にモヤモヤと黒い煙がくすぶるような気がしました。

「まあ、奥様がお帰りですね。さぁ、姫様、お部屋に戻りましょう」

歳高の侍女の方が私をチラリと見てそう言いました。

「まて、衛兵に指示を出したのは誰だ？　この部屋の主人は今、ソテラ夫妻だ。その妻を締め出したのは誰だ？」

ゼパル様の低い声が響きました。まさかこの場にいるとは思わなかったのでしょう。侍女の顔が青ざめます。

それを見て動いたのはビアンカ皇女でした。侍女を責め立てようとするゼパル様の服の裾を引っ張って必死に首を振りました。

「……ハア。ビアンカ。お前は皇女として、もう少し周りの状況も見るべきだ。例え侍女たちが勝手にやったとしても、だ。いいか？　この二人は夫婦で、私の大事な客人だ。それを引き裂くようなことをしないでくれ」

ゼパル様の言葉にビアンカ皇女が頭を縦に振ります。どうも本人は私たちを引き裂くような気はないように思えます。それどころか私にすまなさそうな視線を送っていました。しかしその後ろから、侍女が言い訳がましく口にしました。

「ビアンカ姫はソテラ様のお見舞いに伺っただけです。ご自分のせいでソテラ様がお怪我されたととても気にされていたので、私たちがお医者様と訪れることをお勧めしたのです」

「……もういい。ビアンカ、自分のせいだと自覚があるならラメルを護衛から外してくれ」

それを聞いてビアンカ皇女は少しだけ悲しい顔をされてから頷きました。

「そんな！　ゼパル王子！　姫様はまだ不安で震えてらっしゃるというのに！」

「あのな！　ソテラ夫妻が何も言わないのをいいことに、好き放題しているのはお前たちだろうが！　ビアンカのためにラメルが護衛の真似《まね》をしているというのに、その本人を他の護衛がいびっていたではないか！　結果ラメルが怪我をしたのをお前たちは知っていたのだろう！」

「いや、でもソテラ様は、お強いので……」

「話にならん！　もういい、出て行け！　ソテラ夫妻はリーズメルモ国で私とゼゴアを大切に扱ってくれた。私たちが『外国人』でもな！　お前たちの根本にはロネタの純血主義が染みついているのだ。うんざりする！」

ゼパル様が一喝すると侍女と護衛はすごすごと部屋を出て行きました。

ばつが悪そうなゼパル様はビアンカ皇女には怒ってないと言いたげに頭をひと撫でしていました。

私は部屋を出て行く侍女に睨《にら》まれ、小声で『何が妻だ。怪我をした夫を置いて観光していたくせに』と言われてしまいました。なんだかもう気持ちが沈んでしまいます。

「ラメル、フェリ、嫌な思いをさせてしまってすまない」

ふらふらとラメル様の側に行きましたが、私は手を握られる前にさっと手を引いてしまいました。

「お加減はいかがですか？」

「……大丈夫です。フェリは楽しめましたか？」

「……」

先ほどまで楽しかった気持ちは砕け散ってしまいました。ラメル様が笑っていたのではないとわかっていても、私を拒絶した扉の向こうの笑い声の中で、ラメル様がビアンカ皇女に手を握られていたかと思うとなんだかもう泣いてしまいそうでした。

いつもビアンカ皇女のところへ行ってラメル様は手を握らせていたのですか？　そう大声を上げてラメル様を責めてしまいそうな自分が嫌いになりそうです。

「純血主義とはなんですか？」

わたしがポツリと聞くとラメル様とゼパル様の肩がびくりと揺れました。

「あ、いや、それはな……」

言いにくそうなゼパル様の代わりに、ラメル様が話し始めます。

「ロネタ国の王族は『パナの女神』の子孫で、その血は尊いという考えのものです。神の末裔ということですからね。神の家系を心からお慕いして守っていくというのがロネタの『純血主義』です。その昔は近親婚も推奨されていたくらいですからね。国王が大祭司を兼ねているのも、神の子孫だからです」

「……観光くらいなら問題はなくとも、移住するとなるとパナ教でない外国人はその思想がないので、歓迎されないということですね」

「ああ。……リーズメルモ国のように開けた国ではないからな。私が言うのもなんだが閉鎖的でもある」

簡単に港を封鎖できるのですから、そう考えると納得できます。

「だからといって今回のことは、さすがに見過ごせない。ビアンカのところへは、もう行かなくていいように父にも言って手配する」

「そうしていただけると助かります」

ラメル様がきっぱりそう言うとゼパル様が少したじろぎました。そうですね、ちょっと魔王の顔が見え隠れしていますから。

「ラメル、ちょっとだけいいか？　話がある。フェリ、悪いが少しだけ席を外してくれ」

「はい」

まだ何かお話があるのでしょうか。いつになく真剣な様子でラメル様に言うゼパル様を不安に思いながらオリビアと隣の部屋に移動しました。

しばらくしてゼパル様に『もういいぞ』と声をかけていただいたので、駆けつけてきていただいたお礼を言うと『こっちこそ、迷惑かけたな』と言って帰られました。

部屋に戻るとソファに腰かけたラメル様が少し考え事をしておられました。オリビアが気を利かせて二人きりにしてくれました。

「あの、大丈夫なのですか？」

「――ああ。フェリは心配しなくていいですよ。それより、観光はどうでしたか？　フェリが選んだ各所は素晴らしい景色でしたでしょう?」

「はい。どこも素晴らしかったです」

「お土産、買ってきてくれましたか?」

「はい」

私はオリビアがテーブルの上に置いてくれた箱をラメル様に五つ渡しました。

「これは大聖堂前の……」

言いながら侍女に言われた言葉が思い出されました。

――何が妻だ。怪我をした夫を置いて観光していたくせに。

呪いのような言葉は外国人の私に伝わることがないと思って口にしたかもしれません。しかし残念ながら伝わってしまいました。

それからは声が震えて私は何も言えなくなってしまいました。私だってラメル様を置いて行くのは気が進まなかったのに、あんなことを言われるなんて。

自分たちは妻の私がいないことをいいことに、夫婦の部屋にまで入ってきていたのです。悔しいのか、悲しいのか自分でもなんだかわかりませんでした。

いっそのことビアンカ皇女を悪く思えば少しは気が晴れるのかもしれませんが、部屋を立ち去る時の申し訳なさそうな顔を思い浮かべると、そんなこともできそうにありません。ラメル様だって、私が助言したせいでビアンカ皇女のところへ通っているようなものです。誰が悪いわけでもないだろうに、行き場のない気持ちを落ち着けることができそうもありませんでした。

「ごめんなさい、ラメル。少しだけ気持ちを落ち着かせる時間をください」

「フェリ?」

「何もできないことはわかっていますが、私だって事情くらいは知っておきたかったです」

そう言って私は使っていなかったもう一つの部屋に行きました。

ラメル様を困らせたくはないのに。

こんなことをしても何もならないのに。

パタンとドアの閉まる硬質な音がしました。

今は自分の感情をコントロールすることができません。

椅子に腰かけるとテーブルに突っ伏しました。——私がラメル様に相応《ふさわ》しい妻になりたいと願っても、なかなか周りはそれを許してはくれません。不甲斐なくても、ラメル様が困難な目にあっているなら教えて欲しかったです。

グルグル、グルグルと考えても仕方ないことが頭の中を回ります。けれども、本当に一番許せなかったのは、ラメル様の手を握る皇女と、それを許したラメル様なのだとわかっていました。

＊＊＊

次の朝もぎこちなく、朝食でラメル様に対面しました。小さなことをくよくよと気にしていると知られたくはありませんでした。

幼く可哀想な皇女様に同情しているように見せかけて、嫉妬する狭量な自分に嫌気がさします。ビアンカ皇女が私に悪意があるようには思えませんでした。きっと、ただ純粋にラメル様に聖騎士を重ねて、ご自分の不安と闘っておられるのでしょう。なのに。

いつからこんなに欲張りになってしまったのでしょうか。情けなく思ってしまいます。顔を寄せてキスしようとするラメル様を私はすっと避けてしまいました。

「フェリ?」

「ラメルの足が治るまでは、その、そういうことはやめておきましょう」

「口づけも?」

「……キスしてしまうと、その、したくなりますから」

適当に理由をつけてラメル様を避けてしまいます。探るような目で見られても、自分でもこんな自分が嫌いでどうすることもできません。

「フェリがそう言うなら我慢します」

それでもラメル様は私の意見を尊重してくださいました。

朝一番に使者がきて、今日はビアンカ皇女のところに行かなくてよい、と伝えられました。さすがに昨日の出来事で話し合いがもたれているのかもしれません。せっかくラメル様が一日中部屋にいるというのに怪我のお世話をする以外はラメル様を避けるように過ごしてしまいました。

別室に移動すると、心配したオリビアが声をかけてくれます。

「どうなさったのですか？　嫌がらせを受けていたことをラメル様が黙っていたことがそんなに嫌だったのですか？　フェリ様に言っても心配をかけるだけなのに、言うわけがないじゃないですか。そこは察してあげないと」

「そうではないのです……」

「ちょっ、フェリ様、わかりました、ほら、お庭に行きましょう！　あそこなら滅多に人も来ませんから！」

泣きそうな私を見てオリビアが慌てて外へ連れ出してくれました。ベンチに着いたところで私は今までの思いをオリビアに話しました。

「フェリ様は頑張っていますよ。それにいくら可哀想な皇女様でも、人の夫を独占するなんて非常識にもほどがありますよ。周りの侍女も護衛も私たちを軽視していることを隠しもしないですしね。嫉妬したっておかしくありません！　むしろその嫉妬はラメル様にとってはご褒美でしかないのですから！」

「ご、ご褒美にはならないです。……嫌われてしまうかもと思うと怖くて言えないのです」

「胸にためて話してもらえないのは悲しいのではないですか？　ラメル様だって同じことをフェリ様に思っているはずです」

「……そうでしょうか」

「そうですよ！　もっと自信を持っていいのですよ！　ラメル様の愛はフェリ様に真っ直《す》ぐで曲がりようがないのですから！　まあ、そのために受け止めるのがちょっと大変でしょうけれど。さあ、戻ってラメル様とお話しなさってはどうですか。きっと寂しく思われていますよ」

「嫌われない？」

「嫌われないです」

「……ありがとう、オリビア」

にっこり笑ったオリビアに元気を貰って部屋に戻ることにしました。不安な気持ちも、嫉妬も。ラメル様に話してみよう。そう思えたのです。しかしその膨らんだ決心は部屋に戻るとぺしゃんこになってしまいました。

ラメル様は部屋にはおらず、衛兵に尋ねると皇女様が倒れたと聞いてラメル様が黄金宮に向かわれたということでした。

「フェリ様……」

「なんだかタイミングが悪かったみたいです。リーズメルモにいた方が忙しくても手紙をやり取りできていたのに、一緒にいる時間が多い、今の方が寂しいってなんでしょうかね？」

しばらくして黄金宮から使いの方が来られました。ビアンカ皇女が高熱を出して倒れたそうですが、悪夢にうなされているということです。容態が落ち着くまで側にいてもらいたいという半ば脅しのような連絡でした。

ラメル様は足も怪我をしているので、黄金宮のお抱え医師が一緒にそちらも診てくれるという名目付きです。つまり、黄金宮でラメル様を預かるということです。

「ラメル様が納得されているのですね？」

「もちろん、確認は取れております」

そう言われてしまっては、使いの人に何も言い返せません。皇女様のこともありますが、ラメル様も黄金宮にいれば最高の治療を受けられます。私が変な意地を張らなければ、黄金宮に行く前にお話しもできたのに。

――待っています。

そう、カードに書いて使いの人にラメル様に渡して欲しいと頼みましたが、リーズメルモ国の言葉では駄目だと首を振られ、オリビアが代筆してくれました。ちょっと情けなくて泣きそうです。

落ち込んでソファに座っているとセゴア様が部屋を訪ねてきてくれました。

「フェリ様、大丈夫ですか？」

「セゴア様……」

セゴア様の顔を見ると涙が零れそうでした。

「黄金宮の者にラメル様を連れていかれたのですってね！　怪我の手当てはここでできるじゃないの！　ビアンカ姫が熱を出したのは気の毒だけど、こんなのおかしいわ！」

「高熱を出されて倒れたそうですね。でもラメル様も納得して向かわれたそうです。私がラメル様を困らせてしまったから……怒って出ていかれたのかもしれません」

「ビアンカ姫は熱を出したと言っても、大したことはないと私は聞いています。それより、フェリ様がラメル様を困らせたとは？」

「ラメル様が黄金宮で辛い訓練を受けていたことを、怪我をするまで黙っていらしたの。どうして教えてくださらなかったのかと責めてしまいました」

「……そんなことでラメル様が怒ることはないと思いますけれど。あの、フェリ様のお耳には入れたくなかったのですが、ビアンカ姫がラメル様に恋をしているのは誰が見ても明白なのです。それで、侍女たちがいろいろと画策しているようなのです。ビアンカ姫も妻子のある人と結婚したいとか恋人になりたいだなんて決して思っていないでしょうが、周りはラメル様に聖騎士としてビアンカ様の側にいてあげて欲しいと勝手なことをしているようです」

「そう、なのですか……」

「ロネタでは聖騎士は女神によって誕生した特別な存在です。そんな憧れの存在にラメル様を重ねて舞い上がっているのでしょう。早く皇帝にはビアンカ姫を迎えに来ていただきたいものです。フェリ様に対してのお部屋の締め出しと、急な呼び出し、ロネタ王からの申し出とはいえ、今回はさすがにゼパルも強く抗議をしているようです。ビアンカ姫の熱が下がったら、しばらくはこんな無茶なことはなくなると思います」

「ここに来て二週間過ぎてしまいました」

「ローダのことも心配でしょう？　フェリ様の心労もお察しします。私も毎日こちらに来られたらいいのだけれど……。お勧めの小説は読まれました？　あら、それは？」

「届けていただいた推理小説は面白くてすべて読んでしまいました。ありがとうございます。これはここに来てから刺した刺繍がたまってきてしまって」

セゴア様は私が暇つぶしにしているハンカチの刺繍に気づいたようです。

「見せてくださいますか？　まあ、素晴らしいですわ。このリスの刺繍なんて、なんて可愛いのかしら。……そうだわ、フェリ様、教会の慈善事業に参加しませんか？」

しげしげとそれを眺めていたセゴア様がそう提案してくださいました。

「え？」

「それが良いわ！　部屋に籠ってばかりだと気が滅入りますよ。この素晴らしい刺繍を養護院で教えて差し上げてはどうかしら？　出産前に私がしていた慈善事業を手伝っていただけたら嬉しいわ。私は港が閉鎖してしまったために諸外国とのやり取りが忙しくて参加できませんが、ナパルにフェリ様のことをお願いしてみます」

「私にできるでしょうか？」

「フェリ様は会話も問題はないですし、それに、読み書きの勉強もされているとナパルに聞きましたよ？　併設されている養護院での読み聞かせは絵本ですからフェリ様の勉強にもなるかもしれません」

正直、魅力的すぎる提案です。部屋に閉じこもって暮らしているのは限界を感じていました。ラメル様も外で頑張っておられるのです。私も外に出て慈善事業のお手伝いがしたいです。

「ラメル様に相談してみます」

「ええ。それがいいと思います。私はナパルに話を入れておきますね」

「ありがとうございます」

ラメル様に相談しよう、そして咎《とが》めるようなことを言ったことを謝ろうと思いました。いつだってラメル様は私のことを想って行動してくれています。嫉妬して当たってしまったとは正直に言えませんが、きっと仲直りできるはずです。

＊＊＊

その後、ゼパル様がかけ合ってくださったそうで、次の日にはラメル様が部屋に戻ってこられました。今度こそ、意を決して、お話ししようと思いました。

「ビアンカ皇女のご容態は？」

「すぐに熱も下がりました。侍女が大げさに騒いで国王の耳に入ったようです。国王直属の衛兵が迎えに来たので無視もできずに黄金宮へ向かいましたが、ゼパル王子がかけ合ってくれたのでこちらへ帰ってこられました。少なくとも数日は急な呼び出しはないはずです。——もう早くリーズメルモ国にフェリと戻りたい」

「……怒って出ていかれたかと思っていました」

「怒っていたのはフェリでしょう？　まあ、隠し事をした私も悪かったです」

「いえ！　私のことを思って黙っていてくださったのに、咎めるようなことを言って申し訳ありませんでした」

「それはフェリに恥ずかしくて言えなかっただけですよ。まさかこの歳《とし》になって剣術で扱《しご》かれるなんて思ってもみなかったですし。体が鈍《なま》った、格好悪いところをフェリに見られたくなかったのです」

「ラメル様は騎士ではないのですから」

「——そう、思っていたのですがね、気づいたのですよ。ロネタにいる間、私はフェリの騎士にならなければならないと。貴方を守るためなら訓練を受けるのも悪くない」

「……本当は」

「ん？」

「本当はビアンカ皇女がラメルに恋をしていて、周りがラメルを皇女様の側にいさせたがっていると聞いて嫉妬したのです。……命を狙われてショックを受けている可哀想な少女に嫉妬した、情けない妻なのです」

「フェリ」

結局告白して、心もとなく下を向いているとラメル様に呼ばれました。見るとラメル様はソファに座りながら手を広げてこちらを窺っています。ちらりとラメル様の足の包帯を見ながらゆっくりとラメル様に近づきました。

「口づけも駄目ですか？」

そう、聞かれてフルフルと頭を横に振りました。涙が出てきてもう、何も言えません。

いい歳をして情けないです。近づくとラメル様に腕を取られて隣に座りました。ゆっくりと唇が重なって、互いの熱を感じます。

優しく唇で唇を挟んで離すことを繰り返されて薄く口を開けると熱い舌が入ってきます。ゆっくりとそれぞれの舌を確認するように愛撫《あいぶ》します。

「ごめんなさい、ラメル」

「謝ることはないのです。嫉妬してくれたなんて嬉しい」

視線を上げるとラメル様の顔が少し満足そうに見えました。このまま、ここで笑顔が欲しいのです。思わず両手で掴んで口角が上がるようにムニュリと頬を引っ張るとラメル様はされるがままでした。

「ふぇ……り？」

困惑するラメル様の唇にもう一度吸いつきます。すぐにキスが再開されて、ピチャピチャと水音が部屋に広がりました。

積極的に口づけをするものの、胸に置かれた手に拒むように手を重ねると、しばらくして諦めたラメル様がそのまま手を背中の方に回しました。

「その、足の怪我が気になってしまうので、やはりそういうことは、治ってから……したいです」

誤解のないように告白しましたが、耳まで熱くなってしまいます。

「そんなに心配してくれているの？」

恥ずかしくて頷くのがやっとです。

「ああ、もう。フェリが可愛すぎる……足はすぐに治してみせますから、後で覚悟しておいてくださいね」

耳元でそんなことを言われて、求めてもらえるのが嬉しくなりました。――だからって求められすぎる状況に戻るなんて思ってはいませんでしたけれど。


ラメル様に慈善事業に参加する話をすると、すぐに了承してくださいました。

セゴア様に早速伝えると、良かったらパナ神に名前だけ授けてもらったらどうかと言われました。パナ神を信仰していなくともロネタで過ごすには教会から貰った名を持っていると認められることも多いらしいのです。

ラメル様に相談すると、いわゆる『高額なお布施をしました』という証拠のようなもので、商人など外国人は名前を頂いて信用を得ることもあるそうです。多額の出費をさせてしまうと、しり込みしましたが『フェリが少しでもここで過ごしやすくなるのなら安いものです』とラメル様の一声で名前を頂いてみることにしました。

オリビアが羨ましそうにそれを聞いていたので、後でこっそり、オリビアにも名前を頂けないでしょうかとお願いすると『もっと我がままを言っていいんですよ？』とそれにも快い返事をしてくださいました。

数日後にはラメル様の足も治って、ビアンカ皇女のところへ通う日々に戻ってしまったのですが、それまでの期間、お風呂の介助をしましたが、もう、赤面なことばかりさせられていたのでちょっとだけホッとしたのも事実でした。

「はあ、フェリと仲良くしたくて足を早く治したかったのも事実ですが、フェリが体を洗ってくれなくなるのは寂しいですね」

「……」

――手を使わないで洗ってもらえますか？

――そこはもっと丁寧に扱ってください。もう一度、そう、そうやって……。

思い出すと赤面なことばかりです。結局、最後までしていないだけでラメル様のいいように翻弄された気がします。

耳まで赤くなったのを自覚して俯《うつむ》いていると耳にキスされて肩が跳ねました。

「きゃっ」

「今日は外へ行かれるのでしょう？　気をつけてくださいね。夜、楽しみにしています」

「……はい」

なんとも言えない気分になってラメル様を見るとご機嫌な様子でした。私を見つめるラメル様の頬を、そのまま口角が上がる角度で両手で引き上げます。こうするとちょっと笑顔に見えます。すると気持ちが落ち着いて、清々《すがすが》しくラメル様を黄金宮へと送り出すことができました。

3　その妻は異国で神の使いに気に入られる——魅力ある妻は困り者である

「宜《よろ》しくお願いいたします」

いつかの回廊で待ち合わせしているとナパル様がやってきました。セゴア様は生憎ラシード王子が熱を出してしまいました。一緒に行けないことを謝っておられましたが、元々オリビアと二人で行くつもりだったのでお気持ちだけ頂くことにしました。

今日もナパル様は白い法衣がよく似合っており、なかなかの美男子ぶりを発揮されていました。

「ほんと、美男子ですね」

ラメル様ほどではありませんけどね。と心の中でオリビアに返しながら軽く頷《うなず》いておきました。

「こちらから神殿に向かい、その先の門を出たら教会に向かいます。……けれど少しだけ寄り道をいたしましょう。セゴア様に頼まれていますから」

にっこり笑ってナパル様が私たちを先導して歩きます。寄り道？　と思っていると建物の裏側からキンキンと金属がぶつかり合うような音が聞こえてきました。

「なんでしょうね、フェリ様」

「ええ」

首をかしげているとナパル様が唇に人差し指を当てて私にその先を見るように促しました。

「あっ……」

見ると今朝送り出したラメル様が城の騎士たちに混じって鍛錬をしているようでした。蜂蜜色の髪は騎士の中で目立つようでラメル様が動くたびに目が奪われます。汗が飛び散る姿でさえ一枚の絵を見ているようです。

「危ないっ……」

一対一で打ち合いをしているようですが剣を振るうなんて危ないです。ハラハラと見ているとナパル様が耳打ちしてきました。

「大丈夫です。刃は潰してある練習用の剣ですから。それより、ソテラ様のお相手は騎士団のホープと言われている男ですよ。貴方《あなた》の旦那様は本当に内勤の方なのですか？　互角に打ち合っていますよ」

「ええ」

ナパル様のお話で少しホッとして見ますが、スピードが速くて目が追いつけません。降りてきた剣を剣で受け止め、受け流し、また打ち込む、といったハラハラする展開をぎゅっと胸の前で手を握って見ていることしかできません。

「うわぁ。ラメル様、めちゃくちゃ騎士様じゃないですか！　カ、カッコいいですね！　フェリ様！」

　先ほどまでナパル様を褒めていたオリビアの調子のよさも目の前の雄姿に吹っ飛びます。ロネタに来てさらに体が仕上がってきていたのはこの厳しい訓練のせいだったのでしょう。

『やめっ』との声がかかり、一斉に打ち合いが止まると、ラメル様は打ち合っていた人とパン、と肩を叩《たた》き合っていました。どうやら関係は良好のようです。

「……安心できましたか？」

　ナパル様に言われてハッと我に返りました。

「わざわざ、すみません。夫の様子を見せていただいて安心できました。ありがとうございます、ナパル様。セゴア様にも後でお礼を申し上げます」

　黄金宮へは限られた人しか入れません。きっとわざわざナパル様が遠回りをしてラメル様の訓練風景を見せてくれたのです。本当にありがたいことです。

「さあ、では行きましょうか」

　にっこり笑ったナパル様に満面の笑みで私はついていきました。ラメル様があんなに頑張っているのです。私も頑張らないといけません。

　美しい神殿を横目に通り過ぎます。神殿は開放された曜日にしか普通の人は入れないそうです。門でナパル様が手続きをしてくれて、私はオリビアと外に出ました。ロネタで一番大きな教会、パナ大聖堂に馬車で向かいます。

「使ってくれているのですね」

「あっ。そ、そうなのです。とてもわかりやすくて助かっております。ありがとうございます」

膝に持っていた袋から以前ナパル様に頂いた辞書が見えていたようです。お礼状は出していましたが、もう一度お礼を言いました。

「手続きに少し時間がかかりますのでソテラ夫人は広場を見て回られたらどうですか？　天気もいいし、美しいですよ」

「ありがとうございます」

以前、オリビアと訪れた女神像のある広場ですが、もう一度見てみたいと思っていました。オリビアも同意見だったようで目を輝かせています。『それでは一時間後にここで』そう言ってナパル様が大聖堂の方へ足を向けられました。

「はぁ～っ。実にきめ細やかな心遣いができる人なのですね、ナパル様って」

「そうね。人気があるのも納得できますね。とっても素晴らしい方だわ」

「ラメル様はめっちゃ強かったですね！　フェリ様、見とれていたじゃないですか～。安心できて良かったですね。私、四六時中ビアンカ皇女に引っついているのかと思っていましたよ」

「そうですね。意外でした」

「案外、ラメル様が自ら訓練に入るように仕向けているのかもしれませんねぇ」

「……」

どちらにせよ、きっとラメル様は私のことを配慮して動いてくれているに違いありません。

「いたっ！」

「え？　オリビア、どうしたのです？」

オリビアが声を上げたのでそちらを見ると、上から何かが落ちてきたようです。

「何、これ！」

頭に当たったものを指でつまみ上げたオリビアが怒っています。見るとコミの実です。コミの実というのは固い殻に包まれた木の実で、割ると赤い実が出てきます。少し甘みのあるナッツです。新鮮なものほど美味《おい》しいと市場には殻のついたものが売られています。

私の故郷サージビーニでは森のおやつの定番でした。

「コミの実ですね。割ると美味しい実が出てきますよ」

「え？　でも、どこから？　ああ、女神の像の隣に大木がありますね。でも、どうして……」

すると、ヒュン、とまた音がしてコミの実が地面に落ちました。

「ああっ！　アイツですよ！　アイツが落としてきているのです！」

オリビアが指した方を見ると、白い鳥が木の実を次々と地面に向かって落としています。

「危ないなぁ！　当たったらどうするのよ！」

見ると白い鳥は木の実を運んでわざと落としているようです。

「オリビア、そこの石を取ってくれますか？」

「フェリ様の腕力では空にいる鳥には当たりませんよ？」

「……鳥を打ち落としてどうするのですか」

不思議がるオリビアの隣で地面の木の実を石で叩きました。パカンと実を割ると中から赤い実が出てきます。それを取り出して石段の上に乗せました。

「美味しそうですね」

「上から白い鳥が窺《うかが》っているから食べてはダメですよ。あの子の食べ物を横取りすることになりますから」

「一つぐらい構いませんよ。こんなに落としているのだから。面白そうですね。私も割ってみます。……あれ？」

「コミの実を割るにはコツがあるのです。ここの部分を叩いてからこっちを打つと、ほら」

「え、フェリ様、そんなに簡単に割れませんよ」

「子供の頃、よく割って食べていたのです。懐かしいです」

数個割って石段に並べていると白い鳥がだんだんとこちらを警戒しながら近づいてきました。

「きっと、あの子はたくさんコミの実を落として、ここに訪れる人に踏んでもらって殻を割っているのだわ。賢い鳥です」

じわじわと近づいてくると、そっと一粒目を食べています。よほど好きなのか嬉《うれ》しさに震えているように見えます。

「白い……カラスですよね？　そんなのいるのですね。しっかし、目つきの悪い鳥ですね」

「……確かに目つきが悪いですね」

どこかで見たような目つきです。どこだったでしょう。あのふてぶてしい態度と言い、何か感じるものがあります。すると白い鳥と目が合いました。じっと私を探るような目です。これもなんだかデジャブです。

コロン。

挑戦的な目でコミの実を私の方へと転がしてきます。私は三個ほど受け取ってまた石で割りました。そして石段の先に中身を置くと少し離れたところで様子を窺いました。

「あの鳥、フェリ様が簡単に実を割るのを見て驚いていますよ？」

しばらくしてまた白いカラスが距離を取りながらも私が割ったコミの実を啄《ついば》み始めました。

「よっぽど好きなのでしょうねぇ。凄《すご》い勢いで食べていますよ……」

オリビアが言う通り、白いカラスはどうやらコミの実が大好物のようです。そして、また私の足元に三つほど転がしてきます。

「図々《ずうずう》しいですね。何個食べたら気が済むのやら。フェリ様、もう放っておきましょう」

「でも、可愛《かわい》いじゃないですか。簡単に割れますからこれだけは割っておきます」

偉そうにしながらもニマニマと好物を食べる白いカラスが可愛いです。ツンツンしているこの感じにもなんだか懐かしみを感じます。

もう三個、中身を置いて私は立ち上がりました。オリビアの言う通りいつまでも餌を与えている場合でもありません。あちらの噴水も見に行きたかったのです。

私がオリビアと立ち去ろうとすると白いカラスがこちらを向いてひと鳴きしました。

カアッ

コロン……。

「ゲッ、また転がしてきましたよ!」

「待って、オリビア。コミの実じゃないみたいです」

コロコロ転がってくる丸い球を受け取ると綺麗《きれい》な丸みのある石のようです。白いカラスを見るとツンとした上から目線でもう一度『カアッ』と鳴いてきました。まるで『やるよ』と言わんばかりです。

「なんだかフェリ様が割ってあげた労働の対価を支払ってやるって感じで態度悪いですね」

「まあまあ。お礼だとしたら貰《もら》っておきましょう。ありがとうございます、白いカラスさん」

そう言うとこちらを窺っていたくせに白いカラスは無視してコミの実を啄んでいました。

「どう見てもただの石ですし。偉そうにするなら、もっといいものをくれたっていいのに」

「白いカラスさんにとっていいものならそれだけで貴重ですよ。それに、殻を割るのは大したことじゃないです」

「いやぁ、あれ、私には全然割れませんでしたよ?」

そんなことをオリビアと言ってクスクス笑いながら歩いているとナパル様がこちらを見つけて手を

振ってくださっていました。

「こちらですよ！」

「ナパル様、手続きしてくださってありがとうございます」

「何か楽しいことでもあったのですか？」

「いえ。少し鳥に餌をやっていただけです」

「ああ。女神像の隣にだけコミの大木がありますからね。実を狙って小鳥がよく来ています。可愛らしかったですか？」

「ええ。ちょっとふてぶてしいところが可愛かったです」

私の答えに少し不思議そうにしていたナパル様を笑ってごまかして大聖堂の中へと案内してもらいました。

「週末に名を受ける手配もしてきました。ご夫婦、お二人だけでいいのですよね？　使用人の方は儀式の間は控室《ひかえしつ》でお待ちいただくことができます」

チラリと私の後ろに控えているオリビアを見てナパル様が言いました。

「いいえ、夫にはオリビアの分もお願いしていますので」

そう言うとオリビアが驚いた顔をしています。

「えっ。私までいいのですか？　お名前を貰えたら素敵だとは思いますが、お布施は高額ですよ……ちょっとやそっとの金額では……」

「私の夫は心が広くてお金持ちなのです。オリビアもお願いします」

オリビアに惚気《のろけ》てからそうお願いすると、ナパル様はこちらをジッと見ておられました。

「……」

「ナパル様？　どうされましたか？」

「いえ、今後のためとはいえ、多額の寄付金を必要とさせてしまって申し訳ないと……。セゴア様から聞いていたのですがソテラ夫人は身分が随分高いのに、その、謙虚で心優しい方なのだと思って。水晶宮の使用人たちも口々に褒めていました。私のようにいろいろな貴族や商人を見てくると、使用人に、しかも同時期に名を受けようなんて声をかける人はいませんでしたよ」

「私は元はオリビアと身分も変わりませんし、お金は私が払っているわけではありませんので……」

「そうだとしても、普段は滅多にお金を使ったりしないと聞いています。ここぞという時にお使いになるのが本当の貴族だと思いますよ」

「オリビアが日ごろからとてもよくしてくれるからです。……ここだけの話ですが私の大親友なのです」

私がそう言うとオリビアが真っ赤な顔をしてワタワタしていました。そんな私たちを見てナパル様は笑みを深くされました。

「併設する養護院もご案内しましょう。貴方でしたら安心です。院長のヤノイ様はとても慈悲深い方ですが、権力を笠に着るような人間が大嫌いなのです」

「権力を笠に、とは？」

セゴア様からヤノイ院長も王族の親戚筋の貴族であると聞いています。そんな方が嫌いだとはっきり言う相手が気になります。

「きっとすぐに耳に入るでしょうから言いますが、大司教様を嫌っておられるのです。大司教様は『純血主義』でパナ神の末裔《まつえい》である王族だけが特別だと思っています。それこそ外国から来られる人を軽々しく思っているのに『名づけ』してお金を集めていますからね。もちろん、名前を持っていることがロネタで信用を得ることは確かですから悪いことではありませんが、少し、お金に執着があるようでして。それに関しては神殿側のロネタ王もあまりいい顔をしていません。ヤノイ院長ははっきりと『儲《もう》け主義者』だと怒ってらっしゃいます」

なるほど、名づけの儀式にはそんな裏事情があるのですね。それでもセゴア様もナパル様も名を貰った方が外国人には有利だと思っていらっしゃるのが見て取れます。ラメル様には散財させてしまいますがこのまま名を授けていただこうと思います。

神殿と教会はパナ神を奉る場所と信仰を伝える場所とに別れていると聞きました。本来なら互いに協力し合う関係ですが、行きすぎた資金集めに神殿側が眉をひそめているといったところなのでしょう。

ため息が出るような素敵な大聖堂を堪能してから建物の裏手に回りました。少し離れたところに蔦《つた》の生えた建物が見えてきます。

門のところで鐘を鳴らすと中からシスターたちが出てきて私たちを建物の奥へと案内してくれました。奥の部屋に入るとニコニコと笑う年配のシスターが出迎えてくださいました。

「これはこれは、ナパル様。お待ちしていました」

「ヤノイ院長、こちらがお手伝いをしてくださるソテラ夫人です。セゴア様のご友人ですがリーズメルモの方なのでいろいろと便宜を図ってほしいのです。ロネタ語はまだ勉強中ですが会話は問題ないので大丈夫かと思います」

「フェリ＝ソテラです。よろしくお願いします。どうぞ、フェリとお呼びください」

「まあまあ。素敵な方ですこと。私は養護院の院長をしておりますヤノイ＝フレ＝ダウイと申します。私のことも気軽にヤノイとお呼びください」

おっとりとした感じの落ち着いた貴婦人です。少し緊張していましたが優しく接していただけて安心しました。

「では、親しみを込めてヤノイ先生と呼ばせていただきます」

「ええ。よろしくお願いいたします。フェリ様」

「あの……っ！」

ヤノイ先生と挨拶をしているとナパル様がふいに声を上げました。

「どうかされましたか？」

「あの、私も是非、フェリ様とお呼びして良いでしょうか」

「まあ、そんな。好きに呼んでいただいていいのですよ。フェリ、とお呼びください」

「あ、ありがとうございます。フェリ様」

「お気遣いなく」

何も了承を得なくても好きに呼んでくださって構わないのに丁寧な方です。ふふ、と笑って見上げるとナパル様が照れたように頭を掻《か》いておられました。

それから子供たちの様子を見て少しだけ遊びに参加したり、私が刺した刺繍《ししゅう》を見たシスターたちに『可愛い！　是非教えてもらいたいです！』と言われて、教える約束をしました。明日からは直接こちらに伺えばいいようです。

「いろいろとありがとうございます」

帰りにナパル様にお礼を言うと、オリビアになぜか袖を引かれました。

「フェリ様の笑顔には破壊力がありますので、むやみに笑ってはいけません」

なんて、おかしなことは言われても腑《ふ》に落ちませんでした。

＊＊＊

「明日から養護院の方にお邪魔しようと思います。まずは刺繍を教えて欲しいと言われています」

昼間あったことをラメル様に報告します。ラメル様はまたビアンカ様の元に通うようになりましたが、部屋に戻るのが遅くはならないようになりました。

「そうですか。無理はしないように。でもフェリの好きなようにしてください」

「……実は今日のラメルの訓練をナパル様に少しだけ覗《のぞ》かせてもらえたのです」

「えっ。見ていたのですか？」

「ええ。二人で打ち合うのを見ていたのですが凄い迫力でした」

「やられているところでなくて良かったですよ」

「……とても、カッコよかったです。それに勝手にラメルが四六時中ビアンカ様のところにいると勘違いしていたので安心しました」

「いつも午前中は訓練に参加しています。しなくてもいいと言われていますが、参加しないとフェリの言う『四六時中』になりそうでしたから」

やはり、そうだったのですね。

「今日もマッサージいたしますね。あ……」

ラメル様の手を取ると、手のひらに三カ所ほど水膨れができて赤くなっていました。

「剣を握ってできたマメです。始めは皆こんなものですから気にしないでください」

「……痛くないのですか？」

「そのうち硬くなって平気になります。剣を握る人は皆剣ダコができるのです。ステアだってありますよ」

「……ラメルが痛いのは嫌です」

「私はそんなにやわではありませんよ……そうですね。フェリのマッサージは心地よくて眠ってしまうので、今日は疲れているだろうフェリを私がマッサージしましょうか」

「え。ラ、ラメルは、ほら、まだ足が……それに手も」

「ですから、大丈夫です。訓練を見たならおわかりでしょう？　手も足も大丈夫です。さあ、ベッドに横になって」

「ええと、やっぱり私がします。ラメルが横になってください。」

そう言い張ったのですが、事もあろうか私の隣にやってきたラメル様はあっという間に私の膝裏に腕を入れて私をベッドに運んでしまいました。この体勢は危険です。

「大丈夫だってところを見せてあげます」

「あっ」

ベッドに降ろされるとそのままラメル様が覆いかぶさってきました。今日はもう湯あみも済ませたので同じ匂いがします。私も寂しかったので拒んだりしませんが、ラメル様の怪我《けが》も心配ですので暴走モードにならないように警戒が必要です。

「あの、ラメル……」

「ナパル王子は大変美男子でいらっしゃる」

「へ？」

「オリビアが側《そば》についているとはいえ、心配でしたよ」

「え、あの？」

言いながらラメル様の手は私の胸を揉《も》みしだいています。

「今日は私が選んだ下着はつけなかったのですね」

「あ……。きょ、今日は教会に……」

「まあ、さすがに慈善事業に行くのにバレたりしたら不味《まず》いですよね。明日からの外出もつけなくてもいいですよ」

「本当ですか？」

「ただし、湯上がりからは私の希望の服装になってもらいますね」

「え……」

「今日はこれです。私も手伝いますね」

「なっ、ええっ？」

オロオロしている間にさっさとラメル様に服を取り去られてしまいます。一旦裸にしてまた着せて
何が楽しいのでしょうか。ラメル様が手に持っているのはいつものピンクのフリフリリボンではなく、黒い薄手のドレスでした。

「さ、できた。フェリにとても似合っています。黒も貴方の白い肌に映えてとてもいい」

ホルターネックの黒のドレスは見た目、夜会のちょっと大人なドレスに見えないこともない感じです。裾が太ももどまりでなければ、の話ですけれど。

「膝立ちして後ろも見せてください」

なんだか目がギラギラしてきて怖いのですが。とにかく、ゆっくりと後ろを向きます。裾を後ろ手で引っ張っていないと下着をつけていないので中が見えてしまいそうです。あれ？　でもこれはなんだか背中が開きすぎているような……背中越しに見てギョッとしました。お尻の割れ目、すれすれまで背中が開いています。こ、これはちょっと、い、いやらしすぎます。

焦っているとガバリとラメル様に後ろから抱きつかれました。すると不埒《ふらち》な手が私の胸を寄せるように掴《つか》みました。少し余裕のない感じが伝わってくると胸がきゅんとしてしまいます。が、自分の胸を見てわなわなと震えました。この黒い素材は伸縮性が良いようで乳輪の形までバッチリと外に映っていたのです。さらにラメル様が胸を寄せるように押し上げて揉むものですから刺激されて乳首が立っているのも視界に入ってきてしまいます。

「ラ、ラメル、こ、これは恥ずかしいです」

「乳首が立っているのがよくわかりますね。気持ち、いいですね」

「え、あ、はぅっ」

両乳首を人差し指でクニクニと刺激されると腰が砕けてしまいます。与えられる快楽にぐずぐずになって、悔しいですけれど、気持ちがいいのです。

「こうすると指の動きがよくわかりますね」

するりと脇からたやすく侵入してきたラメル様の手が私の胸を掴みます。私の視界には伸びた黒の素材の下で指が動いているのがはっきりとわかります。それは指で乳首を挟む様子も、クニクニと動かす様子も素材越しにバッチリと。裸で触られているよりも何倍もいやらしく感じます。

「こちらを向いて。口づけしましょうね」

手が服から出ていくとくるりと体をラメル様の方へ向かされました。正直、キスは好きです。両腕を首に回すように誘導されて、私の頭の中はもうラメル様とキスすることでいっぱいです。

ちゅっちゅ、と軽く啄んでから口を開けて本格的に互いの舌を絡ませ合いました。対面になってラメル様の膝の上に足を割るように座ります。ラメル様の両手が私のお尻を撫《な》でると簡単に服は上がってしまいました。

「あ、そんなっ」

「ここはもう大洪水ですよ？　簡単に私の指を呑《の》み込んでしまう」

「ああぁっ」

お尻の割れ目から伝ってきた指を埋められて膣《なか》を探るようにかき混ぜられます。激しい刺激に背中を反らすともう片方の腕で支えられて、今度はラメル様に胸を突き出すような形になってしまいました。

「誘っているの？　フェリはいつから小悪魔になってしまったのかな？」

「や、ラ、ラメルの指が、中を……！」

「いやらしく尖《とが》っているところを舌で可愛がってあげますね」

胸の先端を咥《くわ》えられて軽く引っ張られると太ももまで愛液が垂れてくるのがわかります。

「ん、も、あ、ひっぱっちゃ……やっ」

服の上から吸いついた乳首の部分が、ラメル様の唾液で色が変わっていく様がいやらしく、さらに甘噛《あまが》みされて肩が跳ねます。

「ふ、ふぅ……」

ちゃぷちゃぷとその間もラメル様の指が私のお尻の割れ目を探ります。もどかしくて、自分の腰が揺れるのを感じます。ラメル様が言う通り、随分私もいやらしくなってしまいました。

「自分で挿入《いれ》ましょうか。できますよね」

そう言われてコクリと頷くと腰を浮かせてラメル様の熱い高ぶりを優しく握り、潤った窪《くぼ》みに当てました。

「――くぅっ、は、はうぅ」

自分の体の重みで勢いよくラメル様を奥まで飲み込みます。一連の私の動きをじっとラメル様が下から見上げていました。

「ラ、ラメル。は、入りました」

「くっ！」

私が報告した途端、ラメル様が下から腰を突き上げます。ハッハと短い呼吸を繰り返しながらも膣《なか》を擦り上げられる快感にただ、ゆさゆさと体を揺らしてしまいます。ぐっと服を胸の谷間に引かれて左右の乳房が黒のホルターネックの生地から出されると、突き上げの激しさにゆさゆさと上下して揺れました。

「は、激し……ああっ、あっ、あっ」

上下の揺さぶりに耐え切れなくなって体を前に倒すと、そのままガッシリとラメル様の両手でお尻を掴まれてさらに中を突き上げられました。

「フェリッ！　出します！」

「ラ、ラメッ……っ……ん。んーっ！」

ビクビクとラメル様の腰が揺れて私の中に熱い白濁が広がったのを感じました。脱力してラメル様にそのまま倒れ込んで寄りかかると一層逞《たくま》しくなった胸にドキドキします。絞り込まれて引き締まり、ますます魅力的な体になってしまっています。

「フェリ」

頬をつけてその筋肉を堪能していると、ラメル様に呼ばれて顔を上げました。そのまま誘われるように口づけを交わします。口内を舌が這《は》うと、おさまった熱がぶり返してしまいそうです。

「ラメル、私、明日は……」

「わかっています。けれど、今はこのままで。貴方の中にいさせてください」

そうは言いますがラメル様の逞しい体をまたいでいる形なので、股関節が外れてしまいそうです。

「あの、足を伸ばしたいのです」

「いいですよ。でも、外すのはなしで」

「え？」

それって？　と不思議そうにラメル様を見ると私の上半身を起こすのを手伝ってくれます。ちょっと、待ってください。外さないって、本気で繋《つな》がったままでいる気ですか？　ラメル様の体の上で足を折って反対側に揃《そろ》えて下ろすと後ろから挿入された形でまた抱きしめられました。――本気です。

「フェリ、私だって嫉妬するのですよ？」

「それとこれとは……」

「でもこうして繋がっていると安心できませんか？」

「……言われてみれば？」

「私以外に心を奪われないように」

「それは私のセリフです」

「愛しています。フェリ」

「私も愛しています。え？　あの、ラメル？　ちょ……やっ、舐《な》めて？」

背中に湿り気を感じて体が震えてしまいます。

「この衣装はフェリの美しい背中を引き立てますね」

私には、もう、布切れにしか見えませんけれど。

「あ、待って、んんっ」

後ろから出てきた手が下がってきて繋がっている私たちの接合部分を確かめるように動きます。溢《あふ》れた愛液を絡めた指で私の敏感な粒を今度は指でクルクルと刺激し始めました。今日は、一回で、済ませて欲しかったのに！

「フェリの中にちゃんと収まっていますね」

「んーっ、んんーっ！」

「私だけのフェリ。繋がったままでどのくらいできるのでしょうか？」

「もう、今日はダメです……。あ、んっ、中でまたおっきくしないでぇ……」

恐ろしいラメル様の発言を聞いて声を上げるとグン、と私の中でまたラメル様が大きくなりました。だから、ダメです。

そこからゆっくりと腰を動かされてまたグズグズにされ一晩中翻弄されました。嫉妬されるのは少し嬉しかったのですが、その何倍もラメル様を受け入れるのは大変でした。

——人は抜かずに何度もセックスができるものなのだと知った夜でした。

＊＊＊

「フェリ様、大丈夫ですか？　まあ、ラメル様は機嫌がよかったみたいですけど」

「……大丈夫ではないです。ごめんなさい。もう一度お手洗いに行くわ」

昨晩は何度もラメル様が私に入ったまま中に出したので、繰り返し洗っても歩くとラメル様の精が垂れてきてしまうのです。

いったい、どれだけ……誰かに見られたら軽く死ねます。もう一度だけ中を洗い流していくことにしますが、これ以上は遅刻してしまいます。愛《いと》しの旦那様の愛をたくさん受けたのですから満足ですが困ります。二度としないようにお願いしないといけないと心に誓いました。

さて、今日からは指定の馬車に乗って水晶宮から大聖堂の裏の養護院に向かいます。ルートは大通りに面して安全であるとのことですのでオリビアと二人で向かうことになっていました。

「おはようございます。フェリ様」

馬車に乗り込むと中にはナパル様が座っておられました。そんな話だったかしら、と不思議そうに見るとクスリと笑ったナパル様が言いました。

「大聖堂に行く用事ができたのです。目的地は同じですからご一緒してもよろしいですか？」

「おはようございます。ナパル様。こちらこそ馬車の手配をしていただいてありがとうございます。もちろん、よろしくお願いいたします」

疲れていたので今日はナパル様とご一緒したくありませんでしたが仕方ありません。私は居候ですしね。何から何まで手配していただいて文句でも言おうものならバチが当たります。――文句はラメル様に、ですけれど。

石畳を馬車が走る規則的なリズムに思わずウトウトしてしまいます。頑張っても頑張っても瞼《まぶた》が下りてきて太ももをつねってみますが辛《つら》いです。

「着きましたよ？」

「えっ？　はっ」

「フェリ様、がっつり寝ておられましたよ」

「し、失礼しました！　申し訳ありません！」

オリビアに耳打ちされて青ざめました。何度も話しかけられていたのに、まともに返事もせずにナパル様の前で寝てしまったのです。

「眠っているとあどけなく見えるのですね」

「す、すみません！」

とんでもない失態に顔を両手で覆いました。いくら疲れて眠かったとはいえ、第三王子を無視して寝てしまうなんて……。

「気にしないでください。お疲れだったのでしょう。私は＊＊でしたから」

聞き取れない言葉が出てきてオリビアをみると眉間にしわが寄っていました。不味いです。

「では、私は大聖堂の方に行きます。では、また」

「は、はい！　い、行ってらっしゃい」

あっ！　と思った時にはもう遅かったのです。どうして『行ってらっしゃい』なんて言ったのでしょうか。口から出た言葉は取り返せません。焦っているとナパル様は、

「はい。行ってきます」

と素敵な笑顔で答えてくださいました。ああもう、穴があったら入りたいです。

「はぁ」

馬車を降りて石畳を下を向いて歩いて養護院に向かいます。何をやっているのかと思うと本当に落ち込みます。隣を見るとオリビアも渋い顔です。

「笑っていいですよ、オリビア。寝ぼけていたといえ最悪です」

「いいえ。まあ、寝てしまったのには驚きましたけれど、元々私はフェリ様には道中休んで欲しいと思っていましたし、急に馬車に乗り込んできたナパル様もナパル様だなぁ、と思いまして」

「あの、先ほど聞き取れなかった言葉があるのですけど、えーっと、気にしないでください、お疲れだったのでしょう、の後が……」

「ああ。ナパル様が寝ているフェリ様を蕩《とろ》けるような瞳で見ておられたので『私は役得でしたから』と言ったのでしょう」

「え、は？」

「ラメル様にガードして欲しいって言われていますから頑張ります」

「ナパル様が私をそんなふうに見るわけがないじゃないですか。年上の人妻ですよ？　しかもパナ教

で不貞行為は重罪ですから」

「……離婚したら問題なしですよ。フェリ様はニブチンですからね。まあ、いいです。あっ！」

カツンッ！

その時、上から何かが落ちてきました。足元に転がるものを見てはっと上を見ました。

カア
「き、昨日のカラス！」

オリビアの叫びにそちらを見ると、上からまた白いカラスがコミの実を落としてきました。そうして数個見せびらかすように落としてから噴水の縁に止まって私をじっと見つめます。これがまた偉そうな感じです。

「割って欲しいのですか？」

伝わるとは思いませんが白いカラスに向かってそう尋ねると、白いカラスはハッとした目で私を見てからプイッと視線を逸《そ》らしました。仕方ありませんね。

「え、割ってあげるのですか？　あの、偉そうにしているヤツに」

「まあ、いいじゃないですか」

近くにあった石を持ってきて転がっていたコミの実を割って中身をまた石段に置きました。

白いカラスはやはり警戒しながら近づいてコミの実を口にしました。コミの実を食べる時は白いカラスはとても嬉しそうに食べています。こうやって頬張って食べる姿もどこかで……。

「あっ！」

「フェリ様、どうしたのですか？」

「あ、いえ、あの白いカラス、誰かに似ていると思っていたのですが、フローラ姫様です。あの、偉そうで、ツンツンした感じが特に」

「はあ。フローラ姫様ですか。私は数度しかお会いしていませんが、まあ、でもあの偉そうな感じは、なるほど似ています」

さあ、殻は割ってあげたので、と二人で養護院に向かって歩いているとコミの実を食べ終わったのか再び白いカラスが私たちの前に現れました。今度は落とさず、数メートル離れた地面にまた丸い石を置いていきました。

「……やっぱりまた偉そうに置いていきましたね」

石を拾ってきてくれたオリビアが呆《あき》れた顔で私の手のひらにそれを置きました。今日も、ただ丸いだけの石です。なんの価値のないものだとしても持ってくるところがなんだか可愛いです。

それからその白いカラスは私たちの姿を見るとコミの実を割ってもらうために近づいてきました。

私とオリビアはこっそりと白いカラスに『フーちゃん』とあだ名をつけました。

＊＊＊

「服装はこれでいいのでしょうか」

「ゼパル王子は華美なものを控えればなんでもいいと言っていましたよ」

週末に私はラメル様と大聖堂に向かうことになりました。

養護院に行くのもお休みです。仲良くなってきた子供たちやシスターにも名前が貰えたら教える約束をしています。礼拝の後に名づけの儀式が行われるそうでワクワクしてしまいます。オリビアも加えて三人で名前を貰うのですが、いったいどんな名前を貰えるのでしょうか。

「今日の護衛はお休みですか？」

「ええ、まあ、ビアンカ皇女が夜寝る時にはついていないといけませんが、後は自由時間を貰いました」

「ふふ、ではデートですね」

「デート……」

私が言うのを聞いてラメル様が後ろからきゅっと抱きしめてきます。

「名を貰えたらカラナの広場を二人で歩きませんか？」

「それは良いですね。では、さっそく向かいましょう」

部屋を出る時にチュッとラメル様とキスをして出ようとすると、迎えに来たオリビアが少しの差でドアを開けてしまいました。見られてしまったのが恥ずかしくてオロオロしていると『何を今更』と冷たい目のオリビアに一掃されてしまいました。

あれから毎日ナパル様が馬車で送ってくれていましたが、さすがに今日の馬車には乗っておられなかったのでホッとしました。

馬車が停まって、パナの広場を通って大聖堂に向かいます。すると『カツン』とまたコミの実が落ちる音がしました。

「まさか、フーちゃん……」

思わずそう口に出すとカラスのフーちゃんが私のことを当然のように待っていて、すでにもう石段の上には十個ほどのコミの実が乗っていました。

「こら！　こんな日にまでフェリ様にコミの殻を割らせるつもりなの？　本当に図々しいわね！」

オリビアがそう言うとフーちゃんが怒ったのかオリビアの髪の毛をつつきに来ました。

「待って、待ってください！　今日は本当に時間がないのです。後で広場に来た時に割りますので少し待っていてくれませんか？」

私はフーちゃんにそう声をかけましたが足をダンダン、と踏みしめ、抗議しながら睨《にら》みつけてきました。

「フェリ、この鳥は貴方の知り合いですか？」

「あの、この広場を通る時にいつもコミの実を持ってくるので殻を割ってあげているのです」

「『フーちゃん』というのは？」

「……態度がフローラ姫様にそっくりだったので」

「……」

コミの実をこちらにぶつけながら地団駄を踏むように怒っているフーちゃんを見てラメル様が『なるほど、似ている』といいました。

「と、とりあえず、少しだけ割っていきますから、後でね？」

私がコンコンと石で二、三個割って石段に置くとフーちゃんは途端に機嫌を直して急いで割ったコミの実を食べ始めました。

「フェリ様、今のうちです！」

「フェリ、もう時間がありません。　行きましょう」

「……フーちゃん、ごめんなさいね、帰りに来るから許してください」

私たちはフーちゃんがコミの実を頬張っている間にさっと大聖堂に入りました。

大聖堂に入ると、もう大司教様のお話が始まっているようでした。毎月決まった日に大司教様のパナ神のお話が合って、その後で名づけの儀式があります。

大らかそうに見えたロネタ王とは違って、大司教様は神経質そうな顔をしていました。その後ろにはナパル様がいらっしゃって、席に着く私たちを見てホッとした顔をしていました。どうやら心配してくださっていたようです。

「本当にいつ見ても立派な聖堂ですね」

小声でいうとラメル様がきゅっと手を握ってくれました。ここの天井にも素晴らしい宗教画が描かれています。両脇には壮大なステンドグラスがあり、明かり取りの小窓から入る光でキラキラと幻想的に映っています。

——大祭司、わが父、ロネタ王に流れるパナ神の血は尊く、私たちを常に幸福に導いてくれます。貴方の隣人に、貴方の愛する人に、パナ神の愛を伝えましょう。悪しき気持ちに打ち勝つ勇気を授かりましょう

大司教様のお話が終わって、いよいよ名づけの儀式が始まります。

昔は入水して身を清めたりと本格的だったそうですが、今では簡単に聖なる水を飲むことでそれに代わるそうです。

今日、名づけを受けるのは私たち三人の他に十名ほどです。ナパル様に頼んで割り込ませていただいたので私たちの順番は最後になっています。儀式を受ける人たちは白い法衣を借りて被《かぶ》ります。聖杯に注がれた水を口に含んで、名前を頂く運びです。

教会に来た人々はその後にある聖歌隊の歌を聞くために皆、儀式も一緒に見守るようで、大聖堂内はずっと満員のままでした。白い法衣を私たちも渡してもらって頭から被ります。

皆同じような格好になって、なんだか可愛らしく感じます。いよいよ私たちの順番が回ってきたあたりで、天窓に小さな影を見つけました。あれは、フーちゃんです。こんな神聖な場所に入ってきて

しまってもいいのでしょうか。しかし、誰も気づいていないのか、いつものことなのか何も言いません。

「では、行ってきますね」

「……はい」

フーちゃんに気を取られているとラメル様が先に行かれました。ラメル様が聖杯を受け取っているとフーちゃんはさらに下へと降りてきました。その口にはコミの実が……。

ギョ、っとして見ているとフーちゃんと目が合いました。『ニヤリ』とするその顔がフローラ姫様と重なります。

ぽちゃん
「――!!」

ひーっ!! 声にならない叫びを上げてしまいます。それもそうです。フーちゃんはなんとラメル様の聖杯にコミの実を落としてきたのです。

どうするのですか、どうされるのですか、ラメル様。手に汗を握っているとラメル様は『ふう』と息を吐いて何事もなかったように水を口に含みました。聖杯を渡した大司教様の方が驚いているように思えました。

「フェ、フェリ様、み、見ましたか?」

「ええ。オリビア。フーちゃんがこちらを睨んでいます。きっとさっきのことを根に持っているのです」

「私、フェリ様に危害が加わるといけませんから失礼ですが先に行かせていただきます。何かあればフェリ様はラメル様にくっついていらしてください」

そう言ってオリビアが順番を代わってフーちゃんを警戒しながら行きました。

「あの鳥、本当にフローラではないのですか？　あの悪戯《いたずら》が楽しくて堪《たま》らないと言う顔がそっくりです」

戻ってきたラメル様が口からコミの実を出して忌々《いまいま》しそうポケットにしまいました。じっと見ていましたがオリビアにはツン、として何もしないようです。無事に戻ってきたオリビアは、

「いいですか、フェリ様、睨むとひるむみたいですから、睨んでください。私もこちらから見張っていますから」

と私に指南してくれました。

――に、睨む。歩く……睨む……じっとフーちゃんに何もしないで、と願いながら前に出ると、フーちゃんはステップを踏むように女神像の近くの窓枠に立ちました。なんだかニヤニヤ楽しそうな姿がやっぱり悪戯する時のフローラ姫にそっくりです。

「光の幸多からんことを」

大司教様が私に用意した聖杯を後ろの人に渡すように手を出した時、それは起こりました。

「わわっ！」

水の入った聖杯をフーちゃんが奪ったのです。

「キャッ！」

バッサバッサと羽の音が聞こえて女神像の上で聖杯を奪ったフーちゃんが私をニヤニヤと見ています。

な、なんてことを！　後で何個でもコミの実を割るので、その聖杯をすぐに返してください。祈るように見ているとフーちゃんは私を見下ろし『どうしよっかな〜』と聖杯を弄びます。大聖堂内はこの騒動でざわざわとし始めました。

バシャッ

「ああっ」

それ見たことか、フーちゃんは弄んでいた聖杯を落として、こともあろうに女神像に聖なる水をかけてしまいました。

……コロン。

女神の像の下に転がる聖杯。

ああ。終わりました。

私の名づけの儀式はこれで終わってしまいました。

心が灰になって風に吹き飛ばされてしまった頃に大聖堂の喧騒《けんそう》に包まれました。

恐る恐る顔を上げると転がり落ちてきた聖杯を手にして固まる大司教様が見えました。その視線の先は女神像です。

ああ、女神像に何かあったに違いありません。これはコミの実を割らなかった私が悪いのでしょうか。でもフーちゃんが少しだけ待ってくれていたら、いくらでも割ってあげられたのです。

覚悟して見上げた女神像には私の想像とは違ったことが起きていました。

――あれをみて！

――奇跡だ！

――女神の奇跡だ！

ざわざわとする声が聞こえます。外の日の光がステンドグラスをキラキラと光らせている幻想的な空間の中心で、白い女神像にその光を映しながら、フーちゃんが零《こぼ》した水はまるで女神が泣いているかのように頬に伝っていたのです。

……え、あれ、大丈夫なのでしょうか。フーちゃん！　女神様が泣いているじゃないですか！

ああ、どうしよう。大切な女神像になんてことを。

抗議の気持ちを込めてフーちゃんを睨みますが、『フフン』とこれまたフローラ姫のように満足そうに私を見て楽しそうです。

「光の幸多からんことを……」

その声に顔を上げると大司教様が私に新しく水を入れた聖杯を渡してくれました。

な、なんとお心が広いのでしょうか。こんなことを（私ではありませんが）しでかしたのにそのまま儀式を続行させていただけるなんて。

私は急いで聖杯を受け取り、水を口に含みました。後は名を頂くだけです。

「フェリ＝ソテラ様、貴方に授ける名は……」

大司教様があらかじめ記してきていただろう名簿を見て私に声をかけます。その時でした、また
フーちゃんの羽音が聞こえました。

――キュイー
――キュイー
――キュイー
フーちゃんが鳴き声を何度も上げます。もう、フーちゃん……勘弁してください……。お願いです。

これ以上辱めを受けさせないでください。泣きたい気分で大司教様を見ると驚いた顔をしていました。そして、

「貴方の名は『キュイ』。始まりの聖女様の名を与えましょう」

と震える声で名を頂きました。

ああ、やっと終わった。なんとか終わりました。ふらふらとラメル様の元へ帰ると、慌てて大司教様の秘書を名乗る男の人が追いかけてきました。

「すみません、大司教様が貴方にお話があるとおっしゃっています。どうぞついてきてください」

「えっ？　あの」

「私は彼女の夫です。同行してよろしいですよね」

「もちろんです」

その間も皆の視線が私に集まっているのがわかりました。私は暗い気持ちでついていきました。

「ラメル……損害賠償になったら私が責任をとります」

「フェリ、馬鹿なことを言いだしてはいけませんよ。大丈夫です。もしそうなってもソテラの財力でなんとかしてみせますから」

ラメル様に頬をツンと人差し指でつつかれて少しだけ心が和らぎました。

そうです。私には頼もしい旦那様がいるのです。一人ではありません。連れてこられた部屋は大司教様の執務室のようで、そこには大司教様とナパル様がおられました。

どうやって謝ろうかとガクガクしているとラメル様が背中をさすってくれました。

「フェリ＝キュイ＝ソテラ様。おいでくださったことに感謝いたします。さて、先ほどの出来事で質問したいことがあって足を運んでいただきました」

「あ、あの……」

聖杯の弁償も入るのでしょうか。一見割れてないようには見えましたがあんな高いところから落ちたのです。ひびが入っていたのでしょうか。

「まず、女神の使いがどうして貴方の名づけの儀に現れたのかわかりますか？」

「し、失礼ですが女神の使いとは……」

「フェリ様。先ほど聖杯を掴んで飛んでいた白いカラスのことです」

ナパル様が補足してくださるのを聞くと、どうやらフーちゃんのことのようです。

「広場で会う白いカラスはコミの実を割るのに苦戦していたのです。それをたまたま通りかかって殻を割って差し上げてから、私を見かけるとコミの実を割って欲しくて近づいてくるようになりました」

私がそう話すとナパル様と大司教様は顔を見合わせました。

「今日もここへ来る途中にコミの実を割って欲しくて私のところへ来たのですが、時間がなかったので数個割っただけでこちらに向かったのです。いつもは十数個食べるまで満足しませんから数が足りないと怒って、あんな悪戯をしたのだと思います」

私はフーちゃんのことを大司教様に告げ口しました。動物のせいにするのはよくありませんが本当のことです。

私が言い終わるとオリビアがウンウンと力強く頷いてくれていました。辛抱の足らないフーちゃんが悪いのです。信じてください。大司教様とナパル様を眺めて願いを込めます。

「……貴方方は外国から来られたので知らないのでしょうが、白いカラスは女神の使いと言われているのです。そして初代聖女の名は『キュイ』。女神の涙から生まれたと言い伝えられています」

「……」

まさか。今度は別の意味で青ざめました。ラメル様を見るとそちらも困惑した顔をしています。

「貴方の容姿は伝説の聖騎士そっくりで。そして、その妻は初代聖女の物語をなぞるなど話ができすぎています」

大司教様が私たちをいぶかしげに見ています。底冷えのする冷たい視線です。そうは言われても何一つ意図してやっていることではありません。

「私の容姿が聖騎士と一致するとして、金髪に碧《みどり》の瞳など、この国にそんな人間はごまんといるではないですか。それを押しつけているのは黄金宮の人間で私ではありません。また、妻も先ほどの出来事を予期してここに来たわけではありません。私たちはリーズメルモの人間で、開港すればすぐに国に戻るのです」

「……」

毅然とした態度でラメル様が大司教様におっしゃってくださいました。そうです、聖騎士や聖女と偽ったとして、私たちにはなんのメリットもないのです。ジッと大司教様が私たちを見て考え込んでいます。なんだか怖いし、神様に仕える人とは思えないような冷たさを感じます。

「まあ、いい。貴方たちの話を一旦信じましょう。パナ神から名を授けられた貴方たちも女神の愛し子です」

とっても感じの悪い言い方でそう言うと、秘書に何かを耳打ちされて『後は任せます』とナパル様を置いて大司教様は退出されました。改めて、こちらを見つめるナパル様が、重々しく口を開きました。

「大聖堂内はちょっとした騒ぎになっているのです。初代聖女の名はなかなか授けない名なのです。女神の使いにあんなに連呼されて、大司教様もフェリ様に授けるしかなかったのですよ。しかし、これは奇跡を目にしたと言うしかありません」

「あの、ナパル様。本当に一連の出来事は偶然なのです。白いカラスも、たまたま聖杯の水を被った女神像が涙を流すように見えたのも。鳴き声だって、きっと気分で鳴いたに違いありません」

必死に弁解してもナパル様は微笑《ほほえ》みを深くするだけでした。

「とにかく、意図的にしようにもできないことだと理解してほしいです。フェリを決して貴方方の事情に巻き込まないようお願いしたい」

ラメル様が強く主張しましたがナパル様が首を振りました。

「今日の出来事を何人の信者が見ていたと思うのです。フェリ様が『聖女ではないか』という噂《うわさ》で大聖堂内はいっぱいです。今日は裏口からそっと帰ることをお勧めしますよ。追って今後のことはご連絡します」

ああ。これがフーちゃんの最大級の悪戯だとしたらこんなに上手《うま》くいくことは滅多にないはずです。

「はあ。本当にあの鳥、フローラの化身じゃないでしょうね」

「悪魔ならあり得るかもしれませんけれど残念ながら姫様は人間です」

賠償金は発生しませんでしたが、なんだかまた要らないことに巻き込まれそうで怖いです。

大聖堂の裏口から帰ろうとするとこつんと足に当たるのはコミの実です。

「……」

「あ、あんたねぇ！」

オリビアが声を上げてもフーちゃんはなんのその。いつもの倍はある量のコミの実を足元に用意していました。怖い。この神の使い、怖いです。

「……分かりました。今回は降参です」

私はコンコンとコミの実を叩いて割ると中の実をフーちゃんに捧《ささ》げました。ラメル様もフーちゃんに文句を言いながら手伝ってくれましたが、コツを掴むのは難しかったようで『フェリは凄いです。本当に聖女かもしれない』と感心していました。

――ラメル様、コミの実を割ることで聖女になれるなんて聞いたことはありませんから。

4 その偽聖騎士と偽聖女は夫婦である――困難は二人で乗り越えるもの

「明日からはこの服を着用して、慈善事業に出かけられる前に神殿でお祈りをしてくださいい。今日からフェリ様は黄金宮に出入りする許可が出ています。大祭司様が許可してくださいました」

その日は結局、ラメル様と部屋に籠っていました。夕方になって黄金宮からの使いが訪ねてきたというので対応するとナパル様が私宛《あて》に紺色の箱を持って訪れました。

「大祭司様と言うと国王様ですよね？　貴方《あなた》の父親の」

固まる私の代わりにラメル様が対応してくださいました。

ロネタでの大祭司というのは、神殿の最高権力者でもあります。そして名を授けてくれたのは大司教でこちらはパナ教の教会の最高権力者でパナ教の普及と教会の管理を任されています。第三王子のナパル様がいずれ就任するだろうと言われている役職です。

「まさか、フェリを『聖女』として認めるおつもりですか？」

「『聖女』はロネタの王族に限ります。ですからフェリ様を『聖女』と認めることは現状できません。

しかし、今日の出来事を偶然で片づけるのも難しいことです。多くの目撃者もいますから。大司教は教会でフェリ様を保護したいと言いましたが、フェリ様にはご家庭もあるので、神殿の預かりということにしてもらうために父にお願いしたのです。大司教はフェリ様を布教活動に駆り出す気でいましたから」

「……つまり大司教様がフェリを利用したいと言い出したのを貴方が王にかけ合って、水晶宮に留《とど》まれるように、神殿でフェリの身を預かるように頼んでくれたのですね」

「端的に言えばそうです。神殿だとパナ神に祈りを捧《ささ》げていれば後は自由ですから」

「そうなるとフェリは神殿に通っているという実績がいるのですか」

「……なるほど貴方は騎士にはもったいない人材ですね。その通りです。明日から私がお迎えにまいりますのでご心配なく」

「言葉通りの親切なら私の大切な妻のために動いてくださって大変ありがたいですね」

「いいえ。フェリ様は奇跡を起こした『聖女』様ですからお守りするのは当たり前です」

聖女だなんていわれると困るのですが。なんだかバチバチとラメル様とナパル様の間に火花が散っているように思います。そんな話だったでしょうか？

名付けの儀式の時に見た冷たそうな大司教様の元には行かされたくありません。ナパル様がいろいろ動いてくださって、ラメル様と水晶宮で今まで通り過ごせるなら感謝しないといけません。

「では、明日から神殿の方にお邪魔させていただきます。ナパル様、ご配慮とご案内を申し出てくださって本当にありがとうございます。感謝いたします。お祈りが終われば養護院の方へ向かっていいのですよね？　私、明日も刺繍《ししゅう》を教える約束をしてしまっているのです」

養護院の子にもですが、シスターたちにもあんなにお願いされていたのです。約束は守らないと。

「「え……」」

私の発言でラメル様とナパル様、そして後ろで控えていたオリビアが驚いていたようです。

「フェリ様、一ミリも意識なさってなかったのですね」

オリビアの謎の言葉に首をかしげるとラメル様に頭を撫《な》でられました。思わずいつもの反射で心地よさそうにしてしまい、ナパル様がいたのだったとすぐに気を引き締めましたが変な顔になってしまいました。

「……では、明日、迎えにまいりますね」

呆《あき》れてしまったのか、ナパル様はそう言って退出されました。なんだかヨロヨロして見えましたが、そんなにご足労おかけしてしまったのかしら。申し訳ないです。

「これは注意する方が逆効果かもしれませんね」

「逆効果……？　ともかく大司教様のところは行きたくなかったので助かりました。こんなことを言ってはいけないと思うのですが、なんだか大司教様というのに冷たい感じがして」

「今の大司教はあまりいい話を聞きませんからね……。ビアンカ皇女の元にいる時に、私もいくつも引っかかることがあったのです。深入りするのは避けていましたが、フェリが教会と関わるのであれば話は別ですね」

「引っかかることとは？」

「……あなたを巻き込みたくないのですが、無関係ではなくなりましたから、少しだけお話しすると」

少し悩むような仕草を見せたラメル様は、こちらを見ながら言いました。

「最近、街の教会では『女神の滴』というのが秘密裏に取引きされているようなのです」

「『女神の滴』？」

「高額でそれを手に入れ、それさえ飲めば罪が許されるという品物らしいですよ」

「なんですか、その理不尽なものは」

「信心深い人は罪悪感から解放されるために。好き放題した金持ちは罪逃れのためにどんなにお金がかかっても手に入れたいものらしいですよ」

つまり、どんなに悪いことをしてもそれを手に入れられれば、パナ神から許されるというとんでもない代物のようです。これがお金儲《もう》けのためというなら大問題です。

「大司教様に関わりがあると？」

「先ほどのナパル王子の様子を見ると無関係だとは思えませんね。正直、ナパル王子がフェリを神殿で守ってくれるというのは助かりました」

なんだか教会が一気に胡散臭《うさんくさ》くなってきました。話の続きを聞きたいので、ラメル様を見ると、ため息をつきつつ説明をしてくれました。

「大司教様はロネタ王の弟で、『純血主義者』です。ロネタ王の娘であるヤハナ様が皇帝に見初められて他国で結婚する時は、大反対したそうですよ。皇帝が入信してまでヤハナ様を娶《めと》ると言ったのに洗礼の儀をボイコットしたのも有名な話です」

「ボ、ボイコット！」

「代わりに大祭司様——ロネタ国王が洗礼の儀をしたそうですよ。皇帝は小国の国王が使用人に手を出してできた庶子ですが、海賊を黙らせ、海に面する十数カ国を掌握した『海神』と言われる凄《すご》い人物です。ロネタ国王は絶対的な信頼があるようですが、大司教はヤハナ様を奪ったと今でも嫌っているそうです」

ヤハナ様の結婚を反対していた大司教様が、なんとか力を持とうとお金儲けに励んでいるとしたら……。少し気になりますが、ラメル様が何も言わないのであれば静かにしていた方がいいでしょう。

「……。とにかく大司教様には近づかないようにします」

「そうですね。それが懸命です。でもフェリも黄金宮への出入りができるようになれば今よりもっと会えますね」

「ラメルが浮気しないか見張って差し上げます」

「可愛《かわい》らしいことを言うのですね。貴方しか見えていないのに。フェリこそ目移りしないでくださいよ」

「ラメルしか見えていないのに？」

「そんなことを言う、可愛くて仕方ない唇に齧《かじ》りつきたいのですが」

「齧り返してもいいなら、どうぞ？」

唇を突き出すとラメル様の顔が近づいてきました。

――ウォオッホォン！

「……本日はご夕食まで退出させていただいてもよろしいでしょうか」

不自然に大きな咳《せき》払いをしたオリビアが声を上げました。オリビアがいるのを忘れていました。

はっと気づけばラメル様の手はもう私の腰に移動していました。完全に二人の世界に入ってしまっていいます。咳払いされても仕方なかったです。

「頂いた服はテーブルに置いておいてもいいでしょうか」

「一応、中を確認しましょうか」

どんな衣装なのか気になっていたのでオリビアに箱を開けてもらいました。中には正式な聖女が着る服が入っていました。

「私が着ていい衣装だとは思えないのですけれど」

「教会側にフェリが神殿の預かりになったと示すためにも、きちんとした方がいいでしょう」

「ところで『聖女様』は今何人かおられるのですか？」

「ご結婚前はヤハナ様が務めていたそうですがそれ以前も、もちろん今もいないようですよ。直系の王族で王女が生まれたのはここ三、四代までの間、ヤハナ様だけだったらしいです。確か彼女の洗礼名はキュイと聞きました」

「ますます気が重いです。私は偽聖女ですよ？」

「大丈夫です。ここにいる貴方の夫も偽聖騎士ですから」

クスクスと顔を見合わせて笑っていると、オリビアがささっと服を持ってそのまま衣装部屋に消えていきました。

「オリビアは本当にできる侍女ですね」

満足そうにそう言うラメル様の頬をいつものように引っ張って、それから噛《か》みつくようなキスを仕掛けました。上手《うま》くこの口角が上がるようになりますように。

＊＊＊

「フェリ様、凄くお似合いですよ」

朝、オリビアが身支度を整えてくれて不安がる私を褒めてくれました。船で着たような、なんちゃって聖女ではない重厚感を感じます。

白地のワンピースの裾に金色の細かな刺繍が施してあり、ロネタの国色である紺色の生地が首元から足元まで帯のように重ねてあるデザインです。髪も今日はサイドを編み込んで上げてもらいました。

支度ができて部屋を出るとラメル様が待っておられました。

今日もきらっきらの騎士服姿です。

「ど、どうでしょう。変ではないでしょうか」

中身が伴っていない気持ちでいっぱいです。そもそもフーちゃんの悪戯《いたずら》のせいでこうなっただけです。ラメル様は私をジッと見つめます。……これには少々慣れてきました。

「とても似合っています。けれど、オリビア、髪を上げすぎていませんか？」

「髪、ですか？」

「もう少し下げてください。これではフェリの美しい項《うなじ》が曝《さら》されすぎる」

「ラメル、この上にウィンプルを被《かぶ》るので項は見えませんよ」

「しかし、どこで取ることになるかはわからないでしょう？」

「フェリ様。もう少し下でまとめさせていただきます」

すぐにオリビアが対応してくれますが、私の項がなんだというのでしょうか。しかしこういう時のラメル様は言い出したら聞かないのです。さて頭に頭巾《ウィンプル》を被って偽聖女の出来上がりです。偽聖騎士様が手を差し伸べてくれているのに手を重ねます。

するとタイミングよく部屋のドアがノックされました。

「おはようございます。ナパル様」

「こ、これは、これは。なんとお美しい。おはようございます。フェリ様……とラメル様」

褒めていただけても偽聖女なので胸が痛いです。仕方ないので笑ってごまかしました。

「では、参りましょうか。聖騎士様も護衛をしてくださるのですか？」

「ええ。そうですね。私も大切な妻を送り届けたいので」

「フェリ様は私がちゃんとお守りしますからお任せください」

「妻は心が清らかなものですから邪《よこしま》な心を持つ者から遠ざけたいのです」

「それは、私も心得ておりますよ」

「ウォッホン！　奥様は神殿が初めてですので、お時間は余裕がある方がよろしいかと存じます」

なんだか不穏なムードを打ち破ってくれたのはオリビアの一言でした。本当によくできた侍女です。

黄金宮を通って神殿に向かうといろいろな人に注目されました。それもそのはずです。美男子を二人も携えて（その後ろには護衛二人とオリビア）なんとも目立つ集団です。

――皆様、ごめんなさい。偽者なのです。

神殿で別れる時にラメル様とナパル様とのひと悶着がまたあったものの、神殿からはナパル様しか引率できないとのことで私はラメル様に手を振って別れました。

その後が大変でした。女官に教えられながら薄絹に着替えて入水し、禊《みそ》ぎを行ってからまた服を着直して神殿に入り、すでに身支度を整えていたナパル様に決まった動作を教えられながら女神に祈りを捧げました。

「ナパル様は毎日これを行っているのですか？」

「ええ」

「冬の時期も、水で禊ぎをするのですか？」

「小さい頃からなので、もう慣れております」

凄いです。私なんて今の時期でも冷たくて震えてしまいましたのに。

「さあ、お祈りも終わりましたから養護院に向かいましょうか」

「はい」

神殿から出てきた私をオリビエが飛んできて無事の確認をします。少し寒かっただけで大丈夫です。

それから馬車に乗って女神の広場で降りると、待ってましたと言わんばかりに黒い影が差しました。

「フーちゃん」

私を見つけたフーちゃんがまたコミの実を咥《くわ》えて足をダンダン、とダンスするように見せつけました。

「……女神の使いはフェリ様に本当に懐いていらっしゃる」

よほどフーちゃんが殻割り係に会いに来るのが珍しいのか、ナパル様が羨ましそうに私を見ます。

——いつだって代わって差し上げますよ。

「ナパル様、懐いているのではなくて私は殻割り係にされているのです」

「どうやって割るのですか？」

「石で、この筋の方向に叩《たた》いて割ります。こうです」

コツン、と一つ割ると感心した顔でナパル様が挑戦しました。

「これは、なかなかコツがいるようですね」

「こう、ですよ？」

もう一度割って見せると私を見てナパル様が笑いました。

「そうしていると貴方が年上の人妻だなんて忘れてしまいそうです」

コミの実を割るのをさも得意げに説明した私は恥ずかしくなりました。また子供っぽいところを見せてしまって申し訳ない気持ちです。

結局ナパル様もコミの実割りは上手くいかないようでした。フーちゃんが納得するまでコミの実を割るとやっぱり丸い石をくれました。ナパル様に見せると近くの川の石だろうとのことです。密《ひそ》かに価値のあるものではないかと期待していたオリビアがそれを聞いてガッカリしていました。


「フェリ様、まあ、まあ。本物の聖女様のようです」

ヤノイ先生に聞けば、すでに昨日の名づけの儀式の話は広まっているらしく、私を一目見ようと養護院の外には人が集まってきていました。

神殿に守ってもらう代わりに、しばらくはこの格好で活動することになっています。かつてはヤハナ様がそうされていたようなのですが私に務まるのかと不安が募ります。

「こんなことになるなら隠れていればよかったです」

泣き言を言うとヤノイ先生は、

「どうやら大司教がフェリ様を囲いたくて仕方がないみたいですよ？　今更何を焦っているのやら、フェリ様を使って人気稼ぎするつもりでしょう。皆に注目されている間は大司教も手を出せないでしょうから我慢なさってください」

と思いがけず、ぴしゃりと言われました。ヤノイ先生が大司教様を嫌っているというのは本当のようです。

そんなことを話している最中にも、養護院の外に集まった人々は私に祝福を授けて欲しいと言い寄ってきます。この国は本当に宗教の力が強いのですね……。

「光の幸多からんことを」

外国人の私がこんなふうに声をかけて本当に良いのでしょうか。聖女の力などないのに……。

私の罪悪感は限度を超えた状態です。そうしていると、どこで嗅ぎつけてきたのかフーちゃんがまたコミの実を持って現れました。それを見てオリビアはため息をつきましたが、わたしは良いことを思いつきました。

「オリビア、コミの実です。あれを皆が割れるようになればいいのです」

私の提案にオリビアもヤノイ先生も驚いたようですが、子供たちは面白そうについてきました。私はお庭にシートを広げてコミの実を置きます。大きくて平たい石の上でコツンと割ると子供たちは楽しそうにして次々と挑戦してくれます。

「指を叩かないように注意するのですよ。割れたら白いカラスさんに中身をあげますからね」

初めこそ誰も上手くいかなかったものの、何人かがコツを掴《つか》んでコミの実を割れるようになりました。

するとフーちゃんが持ってきたものでは足りなくなって子供たちが女神の広場でコミの実を拾ってきます。そのうち割った木の実で子供たちが遊び出しました。

中には木の実に絵を描く子も出てきます。それを見てコミの実の殻に着色してみました。穴をあけて紐《ひも》を通すと可愛いブレスレットができそうです。

「こうしたらどうかしら。綺麗《きれい》に作ったら養護院で作ってチャリティで売れないかしら」

「でも、買うとなれば、ちょっとこのままでは安っぽいですよね。色を塗った上にニスを塗って……あ、セゴア様はセンスがいいので相談してみてはどうですか？」

オリビアの言葉に可愛いブレスレットをセゴア様がしていたのを思い出しました。後で相談してみようと思います。ブレスレットのことを考えるのに夢中になっていると、コミの実を割るのに飽きた子供たちが私の元へと集まってきました。

「フェリ様、絵本読んで」

「フェリ様は聖女様だから聖女様の話がいい！」

「私も！」

子供たちが持ってきた本を広げます。普通の本はまだ辞書なしでは無理ですが、絵本はなんとか読めます。発音が違う時は子供たちも指摘してくれるので読み聞かせは勉強になりました。

――ある日、悪魔はいいました。「となりの男はおまえの悪口をいっているぞ」

それを聞かされた男は、となりの家の男がきらいになりました。次の日から男はとなりの男と話をしなくなりました。悪魔はそうしてどんどんといろいろな人にうそをいいました。

みんなはそばにいる人をうたがうようになりました。悪魔はたのしそうに笑います。

はじめはちょっとしたけんかだったのに、みんなはいがみ合っていきました。それをみた女神さまは悲しみました。どうにか悪魔をやっつけようとおもったのです。

女神さまはご自分のほねをつかって『聖けん』をつくりました。そうして光のなかから、それをつかって悪魔のこころをたおす『聖きし』をたんじょうさせました。

聖きしは悪魔をたおし、悪魔のこころになってしまった人々をたおしました。ロネタにへいわがもどりました。

人々は、やさしいこころを取りもどすことができましたが、たくさんの人がぎせいになりました。女神さまは悲しくなってポロポロとなみだをながし、そのなみだから聖女『キュイ』さまがおうまれになりました。

キュイさまはみんなをへいわにみちびき、りっぱな男の子をうみました。その子はロネタの国王となり、ロネタは幸せな国になりました。

あれ？

読み終わって私は首を捻《ひね》りました。子供たちは当然のように嬉《うれ》しそうに絵本を見ています。教会の天井の絵などで知っていたのは聖騎士のお話までで、その先は知りませんでした。これだと聖女が女神パナの子でその聖女が生んだのがロネタの国王ということになります。私はそんな大それた名を貰《もら》ってしまったのでしょうか。

その日は足取り重く水晶宮に帰ってきました。たくさんのコミの実が食べられてフーちゃんはご機嫌でした。恨めしい。本当になんてことをしてくれたのですか。

＊＊＊

その日の夕食はセゴア様と取ることになりました。

「フェリ様、大変でしたね。もう王宮では『聖女誕生』の噂《うわさ》でもちきりです。でも、すみません、何もお力になれなくて。私もフェリ様と一緒に養護院に行きたいのですが、近隣諸国の対応に、隣国にいる王太子夫婦ともやり取りをしないといけなくなってしまって、行けそうもないのです」

「いえ、私の方はナパル様がいろいろと手配してくださったので大丈夫です。お気持ちだけで嬉しいですから。でも、本当に聖女うんぬんは白いカラスの悪戯なのです。偶然が重なっただけですのに……」

「まあまあ。起きてしまったことは仕方がないです。でもラメル様が聖騎士でフェリ様が聖女だなんてできすぎですね」

「どちらも偽物ですよ」

「ロネタではどちらも物語の重要人物ですから偽物だとしても皆の関心を集めるのも無理もありません。ゼパルは水晶宮の大事な客人が有名人になってしまって、頭を抱えていますけれど」

「ビアンカ皇女の方は進展があったのですか？」

「帝国の方は未《いま》だ調査中みたいです。港もいつまで閉鎖になるやら。来年にはパナ教の普及のために隣国に行っていた王太子夫妻が戻るので、それまでには必ず開港すると思います。でも、一日でも早く帰りたいですよね……。祖国と手紙のやり取りになってしまって申し訳ございません」

すまなさそうにするセゴア様には言えませんが、出がけに渡した瓶に入った飴《あめ》がなくなるまでに帰ってきてほしいとローダが手紙に書いていました。

小さな粒を毎日一粒ずつ。寂しいのを我慢して食べているそうです。お義母様が機転を利かせてなくなってしまわないよう増やしてくれていますが、早くリーズメルモに帰らなくてはなりません。

養護院の子供たちを見て、いつもローダを思い出します。早く愛《いと》しいあの子を抱きしめてあげたいです。

でも……どんなに嘆いたところで状況は変わりません。今できることを精一杯頑張ることが私にできることです。養護院の運営が少しでも上手くいくよう、微力ながら頑張ろうと思います。

「セゴア様に相談したいことがあるのです」

「どんなことでしょう？」

私はセゴア様にブレスレットの相談をしました。相談したのは大正解で、コミの実の殻の間に金属の細工の入った飾りを入れたらどうかと提案してもらいました。それが入るだけでぐっと高級感のあるものになります。

「可愛いものができそうですね」

「セゴア様に相談して良かったです」

お忙しいのに私を心配してきてくれるセゴア様に感謝の気持ちでいっぱいでした。


翌日も養護院に行くのに馬車を降りて広場を歩いていましたが、だんだんと『聖女』を見るために人が集まるようになっていました。

皆、祝福の言葉が欲しいようでヤノイ先生に言われた通りに『光の幸多からんことを』と繰り返し言葉にして、広場の人々の間を通り抜けます、ナパル様も私を守るように養護院まで送ってくださるようになりました。

その間も、早速、セゴア様のアドバイスを受けて、ブレスレットの制作を進めました。コミの実の中身を取り出して殻を糊《のり》で接着してから女性用に白を塗り、男性用に紺色を塗りました。間に細工の入った金色の金具を入れると、とても素敵なものが出来上がります。

「わあ、これは欲しいです」

「私も」

「私も」

オリビアやシスターたちがそんな感想をくれて気持ちが上がります。

「後でセゴア様とゼパル様に差し上げましょう」

「……フェリ様、先にラメル様に渡さないと揉《も》めますからね」

「そ、そうですね」

神殿にお祈りに行くようになってラメル様が不機嫌なのです。これは先に渡しておかないと、へそを曲げてしまうかもしれません。オリビアが指摘してくれてよかったです。危ない、危ない。

「フェリ様、見て！　これ、私が塗ったのよ！」

「まあ、上手に塗れましたね」

天気が良かったのでシートを広げて外で作業をしました。養護院の子供たちも皆、楽しそうに手伝ってくれています。小さなマーサは母親が恋しい年頃だからか私にくっついてきます。

「こら！　コミの実を投げて遊んではいけませんよ！」

「オリビア様、怖ーい！」

向こうではふざけ合っていた男の子たちがオリビアに叱られていました。

「まあまあ、素敵なものになりましたね」

ヤノイ先生がやってきて、数本できたブレスレットを感心して見ていましたが、それをテーブルに置くと小声で私に言いました。

「フェリ様、すみませんが大切なお客様が来ているのです。ついてきてくださいませんか？」

真剣な顔のヤノイ先生に頷《うなず》き、オリビアを手で制して私は一人でついていきました。

院長室のソファには平民の服装をした男の人が座っていました。その姿を見て、少し違和感を覚えます。平民にしては大柄な体、そして鋭い眼光。顎にやっている節くれだった手にはラメル様がマメを作っていた場所にタコができていました。

ヤノイ先生の応対も考えると、ここは慎重に口を開かねばなりません。

「こちらがフェリ様です」

ヤノイ先生がそう言うと男の人は口を開きました。

「不躾《ぶしつけ》だがお願いしたいことがある」

名前も聞けずに『お願い』と言われて、私がヤノイ先生を窺《うかが》うと、先生は静かに頷いていました。

結婚前、リーズメルモで王妃様の侍女をしていたときに、侍女長から初見のお客様は足元から注意してみるように教えられています。私は慎重に相手を観察しながら言葉を選びました。

「お願いしたいこと、ですか」

「貴方は黄金宮に出入りが許されていると聞く。遠目でもいいからビアンカ姫の様子を見てきて報告して欲しい」

「……恐れながら質問に答えていただけるなら……。私は祖国に娘を残してこの国へ来ております。私も娘の様子は知りたいと思っております。港が一日でも早く開港することを祈っているのですが、問題が解決されるのは間近なのでしょうか？」

「……なぜわかった？」

声色が変わり、目の前の男性から強い圧を感じます。私は姿勢を正し、精悍《せいかん》な男性を真っ直《す》ぐに見つめながら、意を決して口を開きました。

「貴方様がガウェイ＝ヘッセ＝ベテルヘウセ皇帝であることを、でしょうか？」

「そうだ」

予想はしていましたが、肯定されて緊張で手が震えました。試されているのでしょう。息を吐いてから、ひとつひとつゆっくりと話します。

「まず目に入ったのは皇女様とお揃《そろ》いの金色の瞳です。それから、貴方様がお履きになっているブーツは馬小屋の掃除する者が履くブーツです。上の服は商人風ですので、違和感がありました。おそらく用途を知らない人なのではないかと推測しました。さらに貴方の指には剣ダコがございます。庶民ではありえません。後はビアンカ皇女を『姫』付けで呼ぶのは近しい人たちです。それを踏まえて、注意深く見るとかつらから僅かに出る珍しい銀色の髪が見つけられました」

「！」

慌てててガウェイ皇帝が頭を押さえました。養護院の院長であるヤノイ先生は朗らかで優しい人ですがロネタ王の従姉《いとこ》です。そんな方が気を遣うお客様はそんなに多くはありません。なんだか気分はセゴア様に借りた推理小説の主人公の気分です。

『完璧なつもりだったのに』とガウェイ皇帝がため息をついて、かつらを取りました。それは、ビアンカ皇女とお揃いの美しい銀髪でした。

内紛が起きている時に、なぜこちらにいらっしゃるのでしょうか。ビアンカ様を迎えに来たのではなさそうに思えます。湧き出る疑問を飲み込んでいると皇帝は私を品定めするように睨《にら》みつけてきました。

「あのソテラ家の嫁だっていうからどんなのかと思ったら、大人しそうな顔して頭が回る。質問に答えたらビアンカの様子を教えてくれるのか？」

「私も人の親だと申し上げました」

皇帝と対坐《たいざ》するのです。正直、膝の上で握った手はずっと震えていました。

さすが、と言ったところでしょうか、威圧感が半端ありません。それでも私もソテラの一員として、ラメル様の妻として、ローダの母として背筋を伸ばします。

「ふ。何も取って食いやしないさ」

皇帝が笑顔を見せたことで、すかさずヤノイ先生が助け舟を出してくれました。

「でしたら、そんな怖い顔で牽制《けんせい》しなくたっていいではないですか。フェリ様はパナ神の使いが懐いている方ですよ。素直に最初から娘が心配だから様子を見てきて欲しいと言えばいいのですよ。フェリ様の旦那様はビアンカ姫の護衛騎士をしているのですから。試すようなことして、人が悪い」

親しげに話すヤノイ先生に、少しだけ空気が軽くなります。さすが海賊を黙らし、諸外国をまとめ上げた皇帝です。王族、というより軍人のようでした。

「え、護衛騎士？　ソテラの直系は宰相職だろ？　あいつ次男か？」

「いいえ。夫は長子で今は宰相補佐をしております。ビアンカ皇女たってのご希望で一時的に護衛騎士をしているのです」

「ビアンカたっての？」

「ソテラ様は大層美男子で聖騎士様だと慕っておられると養護院にも噂が入るくらいですよ。フェリ様も無理を言われて困ってらっしゃるのです」

「……なんだそりゃ」

皇帝が呆れたような表情をしています。確かに驚きますよね……。

「ビアンカ皇女のご様子なら夫の方が詳しいのですが、ご紹介いたしましょうか？」

「なんか、ムカつくけど、その方がいいか。じゃあ、紹介してくれ」

「では、早速戻ったら夫に相談いたします。それで……」

「リーズメルモに帰りたいのだな。そうだなぁ。大体関わった連中はわかったってとこかな。あぶり出してあと一、二週間でけりをつける予定だ。この国に渡ってきたのもそれ故だ。だがまだ何も言えないのでな。俺と会ったことはお前さんの夫以外、絶対に口外しないようにな」

「承知いたしました」

私が了承するとガウェイ皇帝は笑いました。ようやく緊張が解けます。海神と言われるだけあって焼けた肌に笑いじわが魅力的な御仁です。思わず言葉に従ってしまいそうな、そんなカリスマを感じました。


一国の王と対面で話すとこんなに疲労するのですね……。ふらふらとしながら養護院の帰り道、私はふと黄金宮に寄ってみようかと思いました。ガウェイ皇帝に娘の様子を教えて欲しいと言われたこともありますが、それよりもビアンカ様のラメル様への気持ちに不安を覚えたのです。ヤノイ先生のところまで知れ渡っているとは驚きました。

ラメル様を信じています。そう思って、見ないようにしていましたが、気になっていたことも事実です。見に行けば必ず後悔するとわかっているのに、なんだか、いてもたってもいられなくなってしまいました。

＊＊＊

「ラメル様に限って変なことにはなってないですよ」

オリビアにはガウェイ皇帝に会ったことは話していません。だた、ヤノイ先生までビアンカ皇女がラメル様を慕っていることを知っていたことを話しました。

黄金宮の出入りを許されはしましたがナパル様がいない時に入ったことはありません。けれどもこの聖女服は最強で、私の姿を見ただけで衛兵が道を開けてくれました。

「こちらは廊下もきらびやかですね」

「ええ」

「あっ」

オリビアの声を聞いて廊下から窓の外を見ました。するとお庭でラメル様がビアンカ皇女が石段を上がるのを補助しているのが見えました。

キラキラと輝く銀髪の美少女が頬を薔薇《ばら》色に染めてその騎士を見つめています。誰の目にもそれが騎士に恋をしているのがわかる様子でした。正直、今までラメル様が誰と噂されようと気にしないようにしてきました。元々の婚約者はセリーナ様でしたし、誰であろうと見た目で自分が敵《かな》うなど大それたことは思っていません。

ああ。まるで一枚の絵画のようです。

ギュッと心臓が掴まれたような気になりました

そんなふうに私の愛しい人を見つめないで。

美しい二人の姿を何も言えず見つめていると向こうの侍女たちが私に気づいたようでした。すると、ラメル様に気づかれないうちに、くるりと方向を変えて東屋《あずまや》の方へ行ってしまいました。

「何あれ、本当に感じ悪いですよね。声をかけましょうか？　ラメル様ならきっと気づいてくださいますよ」

「いいの。帰りましょう」

「フェリ様？」

「いいの」

純粋で真っ直ぐな少女の視線がとても神聖なものに思えます。こんな身に余る服装をして、心の中は嫉妬でドロドロだなんて、なんて皮肉なのでしょう。

あんなにソテラ家の皆さんに、もちろんラメル様にもよくしてもらっていると言うのに胸を張って自分がラメル様の妻だと言えない自分がいます。ローダにも申し訳ないし、情けないです。もちろんラメル様との事件のことは未だにショックですし、リーズメルモの城を歩くのは今でも怖いです。

こんなことで簡単に心が不安定になる自分が不甲斐《ふがい》ない。もう少し自分に自信を持てたらいいのに。


「面倒をかけてごめんなさいね」

黄金宮から逃げるように水晶宮に戻ってくると、いつもの庭園のベンチに腰かけます。オリビアにも申し訳ない気持ちでいっぱいでした。

「情けなくてもう……」

「いえ。自分の夫に美少女が慕っているのを見て気分が悪くならない方がおかしいですよ。しかも、なんですか、あの使用人たちの態度の悪さは」

「以前、怪我《けが》をしたラメル様を置いて観光をした時に『何が妻だ。怪我をした夫を置いて観光していたくせに』と言われたの」

「え」

「あの人たちは私をそんな妻だと思っているのよ」

「ちょっと、待ってください。あの時はフェリ様だってラメル様のことをとっても心配していたし、観光を取りやめようともしたはずです！　でも、もう警備の配置が決まっていたので仕方なく！」

「……リーズメルモでは、私の実家の爵位も低いし、あんな事故で結婚したので、皆に妬まれても仕方ないと思っていました。でも、ロネタではラメル様も私も外国人。元の爵位もあの事件を知る人もいません。なのに、こちらでもラメル様の妻だと認められないのです。やはり、釣り合ってないのです」

我慢していたことを言ってしまうと、ポロポロと涙が出てきました。皆に優しくされればされるほど、それに応えられない不甲斐ない自分が嫌になります。

「フェリ様、少しだけ、ここでお待ちください。私、ハーブティを入れてまいります。落ち着いたら前向きになるでしょうから、そうしましょう！　すぐ、戻ってまいりますから！」

そう言ってオリビアは私に膝掛けをかけてくれました。馬鹿だと思います。ラメル様に愛されているだけでも奇跡なのに。でもラメル様に何一つ返せない自分が嫌いなのです。

「フェリ様？」

グズグズとみっともなく泣いていると声がかかりました。慌てて泣いていたのがバレないように下を向きました。

「どうかされましたか？」

「え、いえ……」

声をかけてきたのはナパル様でした。こんな顔を見られたくないのに困ってしまいました。オリビアが早く帰ってこないかと膝をぎゅっと掴みました。

「……泣いておられたのですか？」

「……」

すぐにバレてしまって、もう、恥ずかしいばかりです。勝手に疎外感を感じて、勝手に落ち込んで、勝手にいじけて泣いているだけです。

「なんでもありません」

そう言うのに隣に座ってきたナパル様は私の顔を見ようと窺ってきます。首を背けるのも限界があります。

「目が赤いですよ。嫌なことでもありましたか？」

「目に砂が入っただけです」

「それは、いけません。見せてください」

「……」

「涙を流すと心が洗われるといいます。思い切り泣くのもいいのではないですか？」

「そんな、子供みたいな真似《まね》、できません」

「私は時々貴方が可愛く見えて仕方ないです」

「え？」

「普段は知的で大人しく見えるのに、笑うと可愛らしい」

「そんなに、子供っぽいでしょうか」

「ちょっと私の願望もあるのかもしれませんね」

「願望？」

「どうして私は貴方に会うのが遅れてしまったのでしょうね」

「それは、どういう……」

外国人は幼く見えるということなのでしょうか。不思議に思ってナパル様の手が伸びてくるのをぼんやりと見ていました。

「フェリ様！」

叫び声に反応して振り向くとオリビアがお茶を持ってきてくれていました。

「オリビア、ありがとう」

「さあ、温まりましょうね。すみません、ナパル様。いらっしゃるとは存じませんでしたのでお茶の用意ができておりません」

「いえ。フェリ様を温めてあげてください。フェリ様、私はいつでも貴方の味方です」

「ありがとうございます、ナパル様」

ナパル様はにっこりと笑ってその場を去っていきました。『まったく、油断も隙もない』とまたオリビアがおかしなことを口走っていましたが、ハーブティの香りに気持ちを落ち着けることができました。

＊＊＊

「ガウェイ皇帝がロネタに来ていたのですか」

「ええ。ビアンカ皇女の様子を知りたいとおっしゃっていました」

「……なるほど。ここも危険になるかもしれないですね。フェリ、明日からは周りに気をつけてください。決して一人になることがないように。オリビアと共に行動するのですよ」

「皇帝はビアンカ皇女に会いに来たのではないということですか？」

「私の予想ではそうですね。迎えに来たのならすぐに会いに行くはずですから。とにかくガウェイ皇帝とお会いした方がいい」

「明日までは養護院にいらっしゃるそうです」

「では、私も明日、フェリと養護院に行きます。皆私がフェリのことを溺愛しているのを知っているので不自然ではないでしょう」

「へっ？」

「え？」

「あの、溺愛ってなんですか？」

「私が妻を溺愛しているのは、騎士団ではもう当たり前に知られています」

「……ちなみにどうやって？」

「惚気《のろけ》まくって？　ですかね？」

「ラ、ラメルが？」

「ええ」

いったい、どんなことを言ったのでしょうか。む、無表情ですよね……怖すぎます。

「後は行動で？」

「……」

確かに所かまわず頭のてっぺんにキスされたり、手を繋《つな》いだりすることは増えたように思います。

あれも外国だからと流していましたが……。

「貴方は聖女と騒がれているから牽制しないと。ところでオリビアから黄金宮に来て、私に声をかけずに帰ったと聞きましたが」

「ええと。ラメルは忙しそうだったので」

「私がビアンカ皇女といるところを見て泣いていたとか」

「オ、オリビアったら！　あ、あの……」

「フェリは私の妻です」

「はい」

「ソテラの男は妻を蔑《ないがし》ろにしたりしません。貴方が嫌だと言うならすぐに城を出ても構いません」

「リーズメルモの代表として来ているのにそんなことできません」

「もう、それも十分務めを果たしたでしょう？　貴方に嫌な思いをさせるくらいなら、ビアンカ皇女のところへは行きません」

「それではゼパル様たちが困るではないですか」

「私の最優先はフェリですよ？」

「……嫌なのです」

「え？」

「我がままを言ってラメルに呆れられたり、嫌われたりしたくないのです。それに、立派な旦那様をダメにしたとも言われたくありません。ラメルの側《そば》にいることを許されたいのです。ずっと、側にいさせて欲しいのです」

結婚して、子供も産んで、愛されて、それでも不安になってしまうのです。どうしてラメル様が私で満足しているかなんて私にはわかりません。ほんの少しのことでぐらぐらと気持ちが揺らいでしまって、こんな情けない姿を見られたくないのです。ずっと、こんなこと言って呆れられたら、とラメル様に言えなかった言葉でした。

「フェリが私の側に生涯いるのは当たり前のことです」

「え？」

「まさか、私がフェリを手放すとでも？　申し訳ありませんが観念してください。ありえませんから」

「え、と」

「わかっていないのはフェリです。貴方はとんでもない男に捕まったのですよ。貴方が私を立派だと言うなら、そういられるように努力しましょう。でもそれで貴方を失うならすべて壊れたってかまわない」

「……」

「舌を出して。フェリ」

久々に降臨した魔王様に体が固まります。恐る恐る舌を出すと食らいつくされるようなキスをされました。

「少し、激しく抱いた方が貴方の体に私を刻みつけられるのかな」

耳元で艶のある声でそんなことを囁《ささや》かれました。ブルリ、と体が震えます。

「怒っているのですか？」

「いえ、もどかしく思っているだけです。とにかく、皇帝に会って早くリーズメルモに帰れるよう直談判したいですね」

「ラメル」

「貴方の夫はなかなか優秀なのですよ？」

「……知っています」

「今夜は覚悟してください」

どさりと押し倒されて見上げるとラメル様の目が獲物を捕らえる肉食獣のようです。少し怖くも感じますが、

「ラメルにならなにをされてもいいです」

私がそう答えるとラメル様は『くっ』と喉を鳴らしました。いつもより乱暴にラメル様が私の服を取り去っていきます。

「あ、あの……そ、それは！」

生まれたままの姿になるとラメル様が私の両足を開き、顔を埋めてきました。両手でヒダを広げられ、敏感な芽を執拗《しつよう》に舌で舐《な》め上げられます。そこに口をつけられるのは恥ずかしくて、それとなく避けているのですが今日は私のお願いは聞いてくれそうにありません。

「ああぅっ、ダメっ、おかしくなって……」

「膣《なか》はここが好きでしたよね？」

入り口を舐め上げながらラメル様の長い指が中を探り、こすり上げます。クチャクチャと音が響き耐えられそうにない快感に背中がしなります。

「や、あああん」

ジュルジュルとすすり上げるような音までして、いたたまれない気持ちと恥ずかしい気持ちと、それ以上の気持ち良さで頭がおかしくなりそうです。ぬるい感触がやがて中にまで差し入れられて今度は親指で敏感な芽を押しつぶされるように刺激されます。

「あっ、あっ」

私の口からは短い嬌声《きょうせい》が零《こぼ》れるばかりです。やがて刺激が激しくなり、声を上げて絶頂に達して呆けていると激しく唇を求められました。

「私がどんなに貴方を欲しているかわかる？」

まだ快感に震える体をうつぶせにされて耳を食《は》まれます。ラメル様の高ぶりをお尻に感じて、求められていることを理解します。耳の中まで舌を差し込まれて体をよじっても、ラメル様からは逃れられそうもありません。長い指に胸を掴まれて揺らされるように揉まれます。ぴったりと体をくっつけられて私は身動きできません。

「このまま、挿入《いれ》ますよ」

「ひやああん」

後ろからぐりゅりと固い高ぶりが快感を伴って押し入ってきます。ラメル様が腰をゆっくりと打ちつけてきます。

「ああ、膣《なか》が絞まって、絡みついてくるっ……」

背中を唇で愛撫《あいぶ》されながら膣をぐりぐりと突かれます。シーツに頬をつけながらその快感に身を委ねて、以前よりずっと引き締まった体を背中に感じて興奮する自分がいます。

「あ、ああっ」

ギシギシとベッドの揺れを伴いながら少しずつ動きが激しくなってきます。シーツに硬くしこった乳首が擦れて堪《たま》らない刺激になります。背中を這《は》っていた唇が上に上がってきて私の耳を舐め上げました。ハアハアと荒いラメル様の息遣いに益々興奮して体が火照ります。

「気持ち、いいよ、フェリ」

「ああ、ラメ、ラメル……」

「イっても、いい？」

「いって……ラメルッ」

切ない声を上げるとお尻を広げるように両手で掴まれてズチャズチャと容赦なく打ちつけられます。迫《せ》り上がってきた快感のもっと先を求めて必死にシーツにしがみつきます。

「くうっ」

ラメル様が最奥で爆《は》ぜると同時に私の体も快感が突き抜けました。

「愛してますよ」

ハアハアと息を整える私にラメル様が囁きます。私も小さく『愛してます』とようやく返すと、汗だくのまま口づけをしました。

＊＊＊

「わあ！　今日は聖騎士様がきた！」

「聖騎士様だ！」

「聖女様と聖騎士様だ！」

次の日、養護院までの道のりは聖騎士も現れて大変な人だかりになりました。ラメル様と養護院を訪ねると子供たちも大興奮です。

昨日泣いていたところを見られてしまい、迎えに来るナパル様と会うのはバツが悪かったのですが、ラメル様がいてくれるので助かりました。ちょっと、普段よりくっついてきてしまって赤面でしたけれど。

「フーちゃんにコミの実をあげましたか？」

「あげたよ！　コミの実の色ぬりもたくさんできたよ！」

私が来るまでにコミの実をたくさん割って、色塗りを済ませていたようで子供たちはそれを私に見せるために我先にとやってきました。

可愛いなぁ、と思いながら上を見ると養護院の屋根の先にいたフーちゃんが満足げに私たちを見下ろしていました。ふふ、今日も偉そうです。

「フェリは随分子供たちに慕われているのですね」

「ここの子供たちは人懐こいのです。今日は『聖騎士』様まで来て大興奮ですしね」

「フェリ様、いらっしゃい」

「ヤノイ先生、こちらが夫のラメルです」

「まあまあ。ここの院長をしているヤノイです。よろしくお願いしますね。早速ですがこちらに」

ヤノイ先生にラメル様を紹介すると心得たとすぐに奥の部屋に案内されました。

部屋に入ると靴を履き替えたガウェイ皇帝が商人の服を着てソファに座っていました。今日はかつらを被っておられませんでした。

「初めてお目にかかります。リーズメルモ国にて宰相補佐を務めております。ラメル＝ラッツ＝ソテラと申します」

ラメル様がガウェイ皇帝に最敬礼の形で挨拶しました。

「想像以上の色男だな……そりゃ、これで聖騎士とか」

ぶつぶつ言いながらガウェイ皇帝がラメル様を見定めます。じっと二人の視線が絡み合っていました。

「フェリ、貴方は養護院の方で子供たちと約束があるのではないですか？　私はガウェイ皇帝とこのままお話ししたいことがあるので行ってらっしゃい」

「ヤノイ院長、俺もこいつと二人で話したい」

「わかりました。では、行きましょう、フェリ様」

「はい」

私は戸惑いながらもラメル様の言葉に従って部屋の外へ出ました。ラメル様にお任せしたら大丈夫でしょう。ヤノイ先生もニコニコしています。

「初めてフェリ様の旦那様を見たのだけど、本当に『聖騎士』様そのものね！　まさか、あんなに素敵だとは！　実はね、始まりの聖女『キュイ』様が処女妊娠でロネタの王族を産んだと言われている説の他に、光から生まれた聖騎士様とご夫婦だったという説もあるのですよ？　まさに貴方方はお似合いのご夫婦ですね」

「そんなふうにはあまり言われないので嬉しいです」

ヤノイ先生の言葉に耳の先まで赤くなります。お似合いのご夫婦だなんて、もったいないお言葉です。

「貴方たちは本物のご夫婦ですもの。この話は結構、話題になっているのよ？」

「は、恥ずかしいです。二人とも偽物ですのに」

「まあ、でも大司教は面白くないでしょうね」

「え？　どうしてですか？」

「大司教はキュイ様が一人で王族を産んだ説を支持してらっしゃるから」

「そうなのですか」

大司教様は『純血主義』と聞いていますから、そちらの説派なのでしょう。どちらの説が優勢なのかはわかりませんが、私たちは偽物なので関係ないことです。しかし話が大きくならないうちにリーズメルモに帰りたいです。

「あのね、フェリ様、実はあれから再三、貴方に会わせろと大司教から言われているの。ゼパル様やナパル様が配慮してくれているし、大司教は私が苦手だからここへは連絡できないけれど、なんだか最近しつこくなってきたのよ。神殿が守ってくれるとはいえ一応、気をつけてね」

「私に会っても仕方ないでしょうに」

「今の大司教は庶民の間でも評判が悪くてね……悪い噂も聞くし、説法はつまらないと言われるし、教会の運営も資金集め以外は上手くいってないのよね。庶民の間では教会離れも起きているから人気がある貴方を使って教会のイメージを上げたいのよ。貴方はみんなの前でパナ神の使いの白いカラスに『キュイ』の名を授かるように言われたのだもの」

「私は外国人で、あの件は本当に偶然のことなのです」

「偶然で女神の像が涙を流して？　白いカラスが今まで誰かに懐いたこともなかったのですから『奇

跡』ですよ。フェリ様が思っているより大変な事件だったのです」

「……」

最近はどこを歩くのも私に祝福を受けたがる人でいっぱいです。お陰で今日も養護院に着くまで随分時間がかかりました。今日は聖騎士様も一緒だったのもありますが、人気があるかは置いておいても人々の注目を浴びているのは明白です。

しかし、あの大司教様、きっと外国人の私が『キュイ』の名を名乗るなんて嫌だろうに、利用はしたいだなんて、想像しただけでも恐ろしい扱いを受けそうです。それでなくとも、何やら企んでいそうなのに……あの時の蔑んだ眼を思い出すだけでも背筋が震えます。

「あ！　フェリ様が戻ってきた！」

子供たちの元に戻ると皆が私の周りに集まってきました。この可愛い笑顔に今は癒《いや》されようと思います。大司教様には絶対に近づきません。

「細工のついた金具もたくさん持ってきましたよ。今日はサイズ違いも作ってみましょうか」

ブレスレットは試しに私とラメル様、ゼパル様とセゴア様が着けています。もうすでに他の貴族たちからも欲しいと話が入ってきていると聞きました。

いずれ観光客にも、と考えていますが、まずはパナ神の使い「フーちゃん」が中身を食べたプレミア物を貴族に高く買ってもらおうと計画中です。根回しして各地にあるコミの実の確保も手配してもらっています。

数がある程度できたら売り上げの様子を見て、各地の養護院で制作できるように考えないとならないでしょう。腕のいい商人をセゴア様に紹介してもらってもいいかもしれないです。

資金を募るだけでは十分な支援にはなりません。継続的な支援で、この子たちが自分たちで生きていく術《すべ》を見つけていけるきっかけになれれば嬉しいと思います。

「明日も、くる？」

「ええ。来ますよ」

甘えん坊のマーサが私にそう声をかけて、いくつもの瞳が窺っているのがわかります。こんなに歓迎されるようになるなんて、ちょっとくすぐったい思いです。

「フーちゃん、あんまり悪戯しちゃだめですよ」

屋根の上のフーちゃんに声をかけると『カア』とツン、と顔を背けられました。貴方のせいでいろいろと大変なのですからね……。

それから話がついたらしいラメル様と水晶宮に戻りました。私は子供たちと約束した通り、明日も養護院に行くつもりでした。けれども……。

「フェリ、明日からしばらくの間、神殿のお祈り以外は水晶宮のこの部屋から出ないでください。問題が解決したらリーズメルモに帰れますから。少しの辛抱です」

「え？」

「ガウェイ皇帝に少し手を貸すことになったのです。貴方は誰に望まれようともここから出ないこと」

「……皇帝の暗殺を企てた黒幕が、大司教様ということですか？」

「どうして？」

「なんとなくですが、ロネタ国に皇帝がいるということは、暗殺を計画した黒幕を追ってきたということかなと。同時期に大司教様が、焦るように聖女と持ち上げられている私と接触をしたがっているのもおかしいなと」

驚くように私を見つめるラメル様に、思いつくことを並べて喋《しゃべ》ります。

「先日ラメル様から、元々大司教様が皇帝とヤハナ様との結婚を反対されていたと聞いて、もしかして……と」

どうやらラメル様の顔を見るに、自分の考えで間違っていなさそうです。

「ラメルは知っていたのですね」

「いえ、ゼパル王子から大司教が怪しいという話は聞いていましたが、確証はないことなので静観していました。しかし、貴方は聡いから黙っていた方が危険かもしれませんね。話はガウェイ皇帝がヤハナ様と結婚した頃に遡るのです」

「お二人の結婚？　確か大司教様が大反対したとか」

「ええ。ヤハナ様は当時『聖女』として活動されていました。ロネタの直系の王族に女性が生まれると『聖女』ということになりますからね。『聖女』としていろいろな場所に出ていたヤハナ様を皇帝が見初めて求婚したのです。大祭司である国王は皇帝のことを気に入っていましたから、もろ手を挙げて喜んだのですが大司教は大反対でした。『汚らわしい血が入る』とね」

「入ると言われてもヤハナ様は嫁がれたのでしょう？」

「大司教はヤハナ様に一人で子供を産んでほしかったみたいですね」

「一人でって。そんなの無理じゃないですか」

「表向きは『処女妊娠』として自分の子を産ませる気だったみたいですよ。生まれた順番で自分が国王になれなかったことが随分悔しいようです。教会の運営もまともにできず、インチキまがいの免罪の水を売って、私腹を肥やしている男なのに王になど大それたことです」

「むちゃくちゃですね……」

「ヤハナ様が『聖女』に戻り、キュイ様と同様子供を産めば、その子を王としてロネタの国王の座を奪えると思ったのではないですかね」

「船でビアンカ様を襲ったのも、大司教様の差し金でしょうか……？」

「ビアンカ皇女だけを狙ったのではなく、ガウェイ皇帝と共にいなくなればヤハナ様が戻ってくると思ってガウェイ皇帝と敵対している貴族と手を組んだのです」

「はあ。なんだかとんでもないですね」

「とんでもないのは大司教が貴方まで狙っていることです。私の妻は養護院でもなかなかの評判ですからね。皆が『聖女様』を一目見に毎日広場に押し寄せているのです。そんな人気のある『聖女様』

を教会で持ち上げて人集めしたいと目論《もくろ》んでいるらしいです」

「……でもいくら用済みになった時はリーズメルモに帰る都合のいい私でも、聖女といわれているのです。『処女妊娠説』を指示する大司教様は、聖騎士の夫を持つのは気に食わないのではありませんか？　ラメルも危険なのではないですか？」

「私は大丈夫です。それに、しぶしぶとは言え黄金宮のビアンカ皇女の側にいると警備が厳重すぎて安全なのです」

――なるほど、いろいろわかっていてそちらに行っていたのですね。

この優秀な人は、きっと黄金宮でも情報を集めていたのでしょう。私が勝手に一人で寂しがっていた時、ラメル様もなかなか辛《つら》いお立場だったのかもしれません。

私も成長していませんね……。

自分の身の安全よりも妻の嫉妬のために城を出てもいいと言っていたと思うと、なんとも言えない気持ちになります。

「大体の見当は皇帝もつけていたようですが、ロネタの教会の最高権力者を訴えるのですから、皇帝も証拠集めに苦労していました」

「大司教様が悪魔に囁かれてしまったのですね」

「このままでは教会への不満がたまって暴動が起きるでしょう。ロネタ王も『女神の滴』なんてふざけたものを作っていたことを知って、大司教に見切りをつけたようです。そしてガウェイ皇帝も来訪した。舞台は整ったわけです」

「ではいよいよ断罪が行われるのですね」

「ええ。ロネタで協力していた反皇帝派の貴族も確認が取れているそうです。予定通りなら明日には皇帝の船がロネタを取り囲む手はずです。聖地カラナ、女神の広場で大司教様が悪魔に魅入られたとして断罪され、貴族共々粛清されるでしょう。すべてが終われば迎えに来ますからフェリはここで待っていてください」

「広場……養護院の子供たちも安全ですか？」

「ヤノイ院長がいますからそちらは大丈夫でしょう。でも、確認しておきます」

「よろしくお願いします。あと、ラメルも危ないことは決してしないでください」

「ふふ。フェリは人の心配ばかりですね」

チュッと額にキスをしてラメル様が私の顔を見ました。こんな時笑顔が見たいのです、とラメル様の頬を引っ張りました。

「最近、この意図がやっとわかってきました」

ラメル様はそう言ってくっと口角を上げました。まだちょっと魔王ですが、以前よりはずっといいと思います。

＊＊＊

翌日、私はラメル様の言いつけ通りに部屋に籠ることになりました。窓の外を見ると晴れた空が見えます。本当なら子供たちと養護院の庭で色を塗ったコミの実を乾かしていたことでしょう。

「マーサに嘘《うそ》をついてしまいました」

きっとマーサだけではなく他の子供たちも私のことを待っていてくれているでしょう。悪いことをしました。

「仕方ありませんよ。子供たちだって安全が一番ですから。今はここで大人しくラメル様の帰りを待ちましょう」

「ええ」

「ですが、何かあったと感づかれないように、いつも通り過ごさなければいけないですね。朝の神殿には行かないといけませんから、お支度しましょう。もうすぐナパル様が迎えに来ますよ」

ラメル様は朝一番に部屋を出て行きました。もちろん私に『待っていてください』と念を押して。

出かける用意を済ませるとナパル様が迎えに来てくれました。

「フェリ様、おはようございます」

「ナパル様、おはようございます」

ナパル様と廊下を歩くとオリビアがぴったりと後ろをついてきてくれています。

「今日はいつもの護衛の方とは違うのですね」

「そうですね、今日は黄金宮の警備もいつもより厳重ですからね」

ナパル様がそう説明してくれるのを察すると、今日広場で大司教様の断罪が行われるのは間違いないのでしょう。皆が無事であることを祈るのに一層力を入れないといけません。

「それではまた後で」

そう言われていつものように禊ぎに向かいます。手伝ってくれる女官に挨拶しようとするといつもの顔ぶれではありませんでした。不思議に思ったものの、護衛の方も違っていたので女官の配置も変えたのかと思いました。いよいよおかしいと思ったのは水から上がった時に、着替えが置かれていないことでした。

「忘れたのかしら」

薄絹が体に張りついたままでは水が滴って寒いです。禊ぎの場所は屋外で、周囲から見られないように岩でぐるりと囲まれていますが、風が吹きすさびます。

着てきた服も、体を拭くものもありません。どうしようかと悩んで声を上げましたが、誰も来てくれませんでした。このまま体温が下がるとよくありません。一旦薄絹を脱いで絞ってみても、またそれを着るしかありません。

「慣れていない人が来たのかしら」

せめて着替えの場所がわかればと、いつもの場所を見回しますが見つけられません。この格好で外に出るなんてできそうにないのです。カタカタと体が震え出した時に声が聞こえました。

「フェリ様？　何かありましたか？」

それはナパル様の声でした。ここには男の人は入れませんから声をかけてくれているのでしょう。

「ナパル様、すみません、女官が私の着替えを忘れているみたいで着替えられないのです」

「え……？　申し訳ございません。私は女官から『フェリ様がナパル様を呼ばないと出ない』と言ったと聞いてきました。出ては……こられませんよね。わたしの上着を渡しますのでそれを羽織ってください。濡《ぬ》れたままでは風邪を引きます」

「すみません」

出入り口にナパル様が服を置いてくれたのがわかりました。受け取って濡れたものを脱いでそれを羽織りますが外に出られるような格好ではありません。

「その先に仮眠できる部屋がありますからそちらへ移動してください。少しでも体を温めないと」

言われた通りに、よろよろと岩の隙間を進むと、小さな部屋がありました。ベッドのシーツを剥がすと早速それを体に巻き付けます。酷《ひど》い目にあいました。誰がこんなことを。

入水してから一時間は経《た》っています。手足が震えて言うことを聞きません。とにかく、体の温度を上げようと思い、ナパル様の上着も羽織ってベッドに丸まりました。

「フェリ様？　大丈夫ですか？　こんなものしかないのですが、薬湯を持ってきました」

「……すみません、今、ちょっと手が震えていて取れそうもないので置いておいてもらえますか？」

「え？　どういうことですか？　入りますよ」

「え……」

「顔色が真っ青じゃないですか！　唇も紫色です！」

心配して部屋に入ってきたナパル様には悪いのですが、こんな格好で男性と二人という方が不味《まず》い気がします。

「ナパル様、今すぐ部屋を出てください……」

なんとか声を出して訴えますがナパル様はさらに中へと入ってきてしまいました。

「失礼いたします！　嫌かもしれませんが私が温めます。フェリ様が死んでしまう！」

ガバリとナパル様に抱き込まれて手足をさすられます。

抵抗しようにも手足が上手く動かせませんでした。温めてもらっておきながらなんですが、これが誰かの意図だとしたらとても不味い気がします。早く、離れないと……。そうはわかっていても動けないのです。

「薬湯を飲んでください」

少しずつ熱い薬湯が私の唇に運ばれます。時折零れそうな薬湯が唇の端でナパル様の指で止められていました。なんとか喉を通して、やっと体が温まってきました。

「……ナパル様、温まってきましたから、離れてください」

「え、あ、ああ。そ、そうですね。まだ冷たいですが大丈夫ですか？」

「はい。今日の女官ですがいつもと違う人だったのです。もしかしたらナパル様と私の不貞の噂を立てたいのかもしれません。二人でいると良くないです」

「神殿でそんなことはありえません」

「今日は黄金宮の警備の強化でこちらは手薄になったのではないですか？」

「……確かにそうですが。とにかく誰か人を呼んできます。貴方の着替えも」

そう言ってナパル様がドアへ向かいます。私はまだ冷たい指を動かすために太ももに手を挟みました。

「――やられた」

「どうしました？」

「ドアが塞がれています。誰かがドアの前に何かを積み上げていったようです」

「……」

言われて見上げるとこの部屋には天窓しかありません。

「押してもびくともしない……」

「困りましたね」

「私の配慮が足りませんでした。すみません、フェリ様」

ナパル様がそう言った時、ドアの外から女の声が聞こえました。

「ナパル様、そんなこと言って嬉しいのでしょう？」

「誰だ！」

「さるお方に頼まれたのですよぉ。ナパル様の恋慕を叶《かな》えてあげましょうって。貴方がお慕いしているフェリ様はね、旦那様と媚薬《びやく》を嗅がされてしまった事故で結ばれたのですよぉ。想《おも》い合って結婚したのではないのですって」

「え？　……」

それを聞いてナパル様が私を見ました。確かに私とラメル様は事故で結ばれました。けれど……。

「お子様も生まれてしまっては後戻りできませんよねぇ。可哀想なフェリ様。そんなフェリ様をナパル様なら助けてあげられるのではないですか？　幸い、パナ神の使いに好かれている『キュイ』の名を貰ったフェリ様です。ナパル様が身請けすればいいのですよ。そうすればフェリ様はこの国の人間となって正式に『聖女様』として認められます」

どうしてこんなことをナパル様に吹き込むのでしょう。ぼうっとする頭を奮い立たせて考えます。

「……ナパル様、最近誰かの恨みを買いましたか？」

「え？　い、いえ……！　フェリ様、ドアの隙間から煙が流れてきました」

「あれは……ナパル様、上着をお返ししますので煙が入らないようにドアの隙間に詰めてください。決して煙を吸い込まないように。そして、ベッドに上がってください。早く……」

悪趣味もいいところです。この香りには覚えがあるのですから。とにかく煙を吸わないようにしなければ。

「なんですか？」

「おそらく、媚薬の香でしょう。私とラメル様が吸ったものか類似のものです」

「……」

「あらあら、お気づきですか？　フェリ様は操を立てなくても大丈夫ですよぉ、未亡人になるのも時間の問題ですからねぇ」

私が未亡人になるだなんて、何を馬鹿なことをいうのでしょう。

「天窓は普段どうやって開けるのですか？」

「危険です。フェリ様、貴方の体はまだ冷たい」

「ナパル様？」

ギュッとナパル様に抱き込まれます。裸ではありませんがシーツを巻いただけなのです。男女が密着していいわけがありません。まして、媚薬まで焚《た》かれているのです。

ナパル様の息遣いが荒くなってきた気がします。不味いです。

「貴方を泣かしている夫など必要なのですか？」

「え？」

「私なら、貴方を悲しませたりしません」

「私が泣いたのはラメル様を愛しているからです。たとえ媚薬のせいで結婚したにせよ、愛しているのはラメル様だけです」

「その唇も温めてあげたい……」

ナパル様が私を熱く見つめて、その手で顎を引き上げようとします。ようやく温まってきた手でそれを押さえるとその指をペロリと舐められてしまいました。あまりのことに固まってしまいます。

「ナパル様、吸ってしまったのですか？　しっかりしてください。煙は下に流れます。ゆっくりとベッドから立ち上がりましょう。どうにかしてあの天窓を……」

なんとか立ち上がりますが、ナパル様は私の胸元を凝視しています。ダ、ダメです。私に手を伸ばすナパル様の手を掴むとシーツがずり落ちてしまいます。もう、勘弁してください……。

「目を覚ましてください！　私になんかに手を出したら後悔しますよ！」

「今、このチャンスを逃す方が後悔しそうです」

わ、ダメです！　どこを触っているのですか！

私を壁に追い詰めたナパル様が唇を寄せてきます。護身術としてラメル様に習った急所を蹴るしかないのでしょうか。でも、先ほどからナパル様、前が膨らんでいるのです。これ、この状態で蹴ったりして、お、折れたりしないのでしょうか!?

「私はラメル様だけです！　たとえ媚薬を吸い込んでも、貴方とどうにかなるなら舌を噛んで死にます！　このことで夫と娘を苦しませるくらいなら死にます！」

「……そんなに私が嫌いですか？」

「貴方が嫌いとか、そんなことは関係ありません。では聞きますが人妻なのにホイホイ他人に抱かれる女がナパル様のお好みですか？　確かに私は媚薬で夫と結ばれました。そのせいで様々な陰口をた

たかれました。貴方にも私が淫乱でどうしようもない女に見えますか？　ラメル様も、ソテラ家の人も私のために手を尽くしてくださいました。今だってそうです。私を信じて誠実に向き合ってくれます……」

あ。

「私はフェリ様をそんなふうには……」

私の言葉でナパル様の体が離れ、力が緩みました。ナパル様に言葉に出して、私も気づいてしまいました。ラメル様は初めからずっと私を信じて受け入れてくださっていました。一度も疑うこともなく、私を愛してくださいました。私は人の目ばかり気にしてくだらないことを悩んでいたのです。何よりも私はラメル様に側にいることを許されていたのに。

その時、天窓に黒い影が映りました。

「フーちゃん！」

食いしん坊のフーちゃんです。そうです。今日は養護院の子供たちも外に出ることを禁止されているに違いありません。お腹《なか》が空いて私を探し回ってくれていたのです。

「パナ神の使いが……」

「フーちゃん！　その窓を開けてください！」

私が手を振るとフーちゃんがダンダンと足踏みしました。不機嫌らしいです。コツコツと窓を叩いてから、それでは開かないことを確認してフーちゃんは天窓の下にくちばしを差し込んで窓を開けました。

　ぶわり、と風が入ってきます。私は急いでドアに詰めていたナパル様の上着を取り去りました。風の流れが変わります。

　カア！　カア！

　ボトボトと落ちてくるのはコミの実です。

「アハハ！　フーちゃん最高です！」

　不機嫌なフーちゃんは窓辺でカアカア鳴いています。

「二人で押してみましょう」

「……フェリ様」

「大丈夫、きっとできますよ」

　煙を吸い込まないようベッドに立ち上がったまま二人でドアを押すと、押さえ込んでいたものが少しずつ動いて隙間が空きました。そこからはお盆を挟んでドアをこじ開けました。しばらくすると煙は完全に部屋の外へ流れていき、人が通れるくらいの空間が出きました。

「あら？」

　外に出ると油断して吸い込んでしまったのか股間を押さえ、倒れて悶《もだ》えている女官がいます。といってもこの女官も偽物でしょうけれど。この香の煙は重いのです。ですからそうっと動いて空気を混ぜないようにすると吸い込みにくいのです。

——こんなこと詳しくないことに越したことはないですけれどね。

「どうしますか？　この人」

「その部屋に閉じ込めておきましょう」

偽女官を私たちがいた部屋に押し込んでドアの前の荷物を戻しておきました。女性一人では開けるのは無理でしょう。

「ナパル様の上着は申し訳ありませんがここに置いていきましょう」

「フェリ様も早く着替えを……ちょっと目に毒すぎます」

「す、すみません」

「そうだ、神殿の奥の部屋に始まりの聖女キュイ様が着ていたという服が展示してあったはず。さっき神殿を見て回りましたが、みんな出払っていて、着替えもすぐには用意できそうにありませんでしたから」

「そ、そんな、大層なもの着られません！」

「洗って返せば大丈夫ですよ」

しかし他に着られそうなものがないのですから仕方ありません。背に腹は代えられませんので少しの間、お借りすることにします。水晶宮に戻ったらすぐにお返しいたしますのでお許しください。

「キュイ様、すみません、一時だけお借りします」

そう声をかけて、神殿の奥の部屋に向かい、私はガラスケースの中の服を借りました。それは私が着ていた白を基調とした聖女の服ではなく、ロネタの国色の紺一色の衣装でした。

着替えてくるとナパル様が心底ほっとしていました。お目汚し申し訳ありませんでした。

「パナ教で不貞は相当な罪ですよね？　ナパル様にその罪を押しつけようとした人に心当たりは？」

「――はあ。叔父、大司教様でしょうね。『女神の滴』の現状を暴いたのは私ですから。それにしても、今日そんなことを仕掛けてくるとは……。神殿の者にまで手を回すとは執念深い」

「もう、広場で大司教様は断罪されたのでしょうか」

「ガウェイ皇帝を怒らせたのですから徹底的に断罪されるでしょうね。『悪魔が憑《つ》いた』とされて」

「……そういうシナリオなのですね」

「……！　………！」

足早に回廊を通って水晶宮に向かっていると騒がしい声が聞こえてきました。

見るとビアンカ様が髪を振り乱してどこかに行こうとするのを、侍女たちが必死に止めているようでした。あんなに焦って何があったのでしょうか。

「どうしたのですか？」

ナパル様が声をかけると、女官が焦りながら訴えてきました。

「ナパル様！　ソテラ様が連れていかれたのです！　『聖騎士』と偽っていたのは罪だと言われて！　あれは私たちが勝手にお願いしていただけなのです！　どうか、姫様の護衛騎士を救ってください！」

「ビアンカ姫、貴方を黄金宮から決して出してはならないと王にきつく言われています。どうか、お部屋にお戻りください」

「……！　……！」

ビアンカ皇女が必死に侍女たちを振りほどこうとしていました。ラメル様が捕まったとはどういうことでしょう。そう言えば、偽の女官は言っていました『未亡人になるのも時間の問題』だと。ナパル様を煽《あお》るために、いい加減なことを言ったのだと思っていましたが……。

「ビアンカ姫はソテラ様の断罪を止めるために広場に向かおうとしているのです！」

「あっ……せ、聖女様……？　キ、キュイ様!?」

私の姿を見て侍女が驚愕《きょうがく》の顔をしています。その時、ばさりと音がしてフーちゃんが私の頭を突いてから肩に止まりました。コミの実は割りますから、ちょっと待ってください！

「……」

私の姿を見てビアンカ皇女がまさかの膝をつきました。そう言えば、この格好……信仰心の厚い皇女だと聞いていましたが、聖女の服装とフーちゃんでまた勘違いさせてしまったのでしょうか。

それを見て今まで私を馬鹿にしてきた侍女と護衛たちが、ビアンカ皇女の後ろで同じように膝をついて蹲《うずくま》りました。

「ひ、姫様の代わりに申し上げます。聖女様、どうか、ソテラ様をお救いください。私たちが『聖騎士』だと押しつけたために女神の広場で断罪されることになってしまったのです」

「い、今までの非礼をお許しください！　聖女様！」

ブルブルと震えながら侍女たちが私に訴えます。あんなに嫌な態度だったのが嘘みたいです。

「ラメルは私の夫です。私が救うのは当たり前のことです」

私がそう言うと心底安心したのかビアンカ皇女がワンワンと泣き出しました。

「では、ナパル様、広場に向かいましょう」

この時、私はラメル様を救わなければ！　と何かよくわからない使命感でいっぱいでした。私の言葉に頷いたナパル様と護衛二人を連れて馬車に乗り、私は真っ直ぐに広場に向かいました。

すっかり忘れていたのです。私のできる夫が私に
『貴方は誰に望まれようともここから出ないこと』

と言っていたことを。

＊＊＊

広場に着くと大勢の人が女神像の下《もと》で行われている断罪を固唾《かたず》をのんで眺めていました。

伝説通りの流れで悪魔退治が始まっているのです。けれども大司教様を断罪するはずの光景とは違って、縄に縛られて断罪されそうになっているのはガウェイ皇帝でした。

「大司教様が断罪されているはずなのに……」

目の前に広がる光景を信じられない思いで見つめました。

「女神パナの目の前で悪魔の正体を暴いてみせよう！」

そう言って大司教様がガウェイ皇帝を指さしています。手に持っているのは『聖剣』です。

「ナパル様、あれ……」

「どうやら本物を持ち出したようですね。罰当たりが」

「いたっ！　フーちゃん、わかったから、割ります」

つついてくるフーちゃんにコミの実を割って差し出します。フーちゃんから『お腹いっぱいになるまで離さないからな』という意志がひしひしと伝わってきます。

「この男はロネタの大切な宝、『聖女』を奪い取った悪魔だ！」

憎々しげな顔をして、大司教様がガウェイ皇帝に叫んでいます。

「口を慎め、大司教！　すぐにガウェイ皇帝を開放するのだ！」

王も大司教様を止めようとしていますが、大司教様を支持する貴族は少なくないようで、ガウェイ皇帝を取り囲み、王の私兵に対しても一歩も引かないようでした。

ラメル様は一体、どこに？

「うるさい！　先に生まれただけで王になったくせに！　私はロネタに聖女を取り戻し、この国を正しき道へと導き直すのだ！」

「何を戯《たわ》けたことを！」

「そもそも長子相続制などおかしいのだ！　聖女がロネタの祖を産んだのだからな！」

「貴公が大司教になってから私腹を肥やすために『女神の滴』を教会で販売していたことは了知しているのだぞ」

「私は罪悪の意識に潰されそうになった可哀想なパナ神の愛し子たちを救っただけだ！」

「そんなものをパナ神は望んでおられない。もう、善悪の区別もつかないのか」

声を落とした王に大司教様は不敵に笑いました。

「さて、罰当たりの外国人の悪魔の使いも、ここで始末しようではないか」

そう、大司教様が言って連れられてきたのは、縄で縛られたラメル様です。なんてことでしょう。

「ラメル！」

思わず声を上げると広場中の視線が私に集まりました。

カア！

カア！

カア！

驚いたのか私の肩の上から離れてくれないフーちゃんが鳴きました。耳元で鳴かれると正直、鼓膜が破れそうです。

「聖女キュイ様の服をどうしたのだ！　に、偽聖女がぁあああ！」

私に気づいた大司教様が恐ろしい形相で私に声を荒らげました。そこで、ラメル様と目が合ったのです。

……

……

あれ？

私に気づいたラメル様が青ざめて見えるのは気のせいでしょうか。……あの。これは、やってしまった感満載なのですが……。

「偽聖女を捕まえろ！　アレが悪魔の本体だ！」

そんなことを言われて驚きます。偽物には同意しますが私は悪魔になった覚えは全くありません。

「フェリ！」

こちらに大司教様の兵たちが私を捕まえようと動いた時、ラメル様がするりと縄を抜けました。

あれ？　ラメル様は華麗に兵たちを薙《な》ぎ払って倒してしまいます。そうして私の元へ駆けつけ、ナパル様との間に割り込みました。見るとガウェイ皇帝も縄を落として立ち上がり、数人をねじ伏せて首をコキコキしています。

「ラメル、無事だったのですね……」

「どうしてフェリがここに……」

私を守るように立ったラメル様に思わず抱きつきそうになりましたが、言いつけを破ったのを思い出し、血の気が引きました。

「ラメルが断罪されると聞いて……」

「私は誰に望まれても部屋を出てはいけないと言ったのですよ？」

「ご、ごめんさない」

本気で怒っているラメル様に謝ることしかできません。そんなやり取りをしていると業を煮やした大司教様が叫びました。

「この！　偽夫婦が！」

その言葉を大司教様が口走った時、私の中の何かが切れました。

だれが、偽夫婦だと言うのです。

私は広場で興奮してこちらを見る大司教様に指をさしました。


「貴方が、一番、この国に相応《ふさわ》しくないです！」


「何を！　このっ」

その時、大司教様が怒りに任せて聖剣を振り上げました。同時に晴れていたはずの空に稲光が走ったのです。

ゴロゴロ、ガラガラガシャン！

大司教様が振り上げた聖剣に雷が落ちます。

「ぐぁぁぁぁぁぁぁあっ‼」

一瞬のことで皆、呆然《ぼうぜん》とその光景を見守りました。

ばたり、と大司教様はそのまま崩れ倒れました。それを見て誰かが声を漏らします。

「……聖剣が悪魔を裁いたのだ」

広場に集まっていた人々がザワザワと混乱し始め、喧騒《けんそう》が大きくなりました。目の前で起きたことが信じられない思いです。収拾がつかない状態に言葉を失っていると肩にいたフーちゃんが、また鳴き声を上げました。

カアー
カアー
すると空が急に曇り、雨が降りました。雨はすぐに止《や》みましたが広場にいた人々は体を湿らされて興奮を収めました。

「あ、雨が……」

「見ろ！　女神さまが！」

「女神さまが光の使いをよこされたのだ！」

「悪魔を追い払われたのだ！」

やがて薄雲から射す光は真っ直ぐと女神像を照らしていました。その神々しい姿を皆、息を呑《の》んで見守っていました。ある人は祈り、ある人は蹲って感動して泣いています。

……聖剣は女神の怒りを受けて悪魔を追い払ったのです。こんな、奇跡を目の当たりにするだなんて。私はラメル様の腕をぎゅっと握りしめていました。

＊＊＊

広場にいた『純血主義』の名のもとに集まっていた貴族たちはショックで立ち尽くしている間に捕まえられ、ロネタ王の裁きを受けることになりました。

何もかも終わったと力が抜けているとラメル様に強く抱きしめられました。

「こんな危ないことをしてはいけませんよ！　どうしてここに来たのですか」

「ラメルが断罪されるとビアンカ皇女が泣いていたのでなんとかしなくては、と」

「貴方にしては何も考えずに駆けつけてしまったのですね？」

「……ごめんなさい。ラメルのこととなると、いてもたってもいられなくなってしまいました」

そう言うとまたラメル様にきゅっと抱きしめられました。

「それにしても、その格好は？」

「えっと……ちょっと着替えがなくなってしまって少しだけお借りしたのです」

「……」

これは、神殿であったアレコレを知られたら私は屍《しかばね》コースではないでしょうか。

「キュイ様の服は私が借りようと言ったのです。神殿の女官が悪意ある者にすり替えられていて、フェリ様の着替えを隠したのです。女官は部屋に閉じ込めてあります」

「……へえ。禊ぎから出たら服がなかったと」

「……」

「ラメル様、フェリ様は貴方に操を立てるためなら舌を噛んで死んでもいいと言って……」

そこで今まで黙っていたナパル様が私を擁護しようと口を開きました。

「ナ、ナパル様！」

それ以上は言わないでください！　無表情は仕様なんです！　止めてください！　魔王が降臨します！

「私はそんなに愛される貴方が心底羨ましいです！」

「なるほど。操を立てないといけない状況になったと」

ヒーッ！

「まあまあ、ソテラ、そう嫁さんを怒ってやるな。それにしても、さっきの雷はなんだったんだ。さすがの女神も怒ったということか？　お陰で女神像を爆破しないで済んだからな」

そこで助け舟を出したのはガウェイ皇帝でした。縄も解かれ、晴れ晴れとした顔で笑っています。

「女神像を？」

「俺の計画では、悪魔に取りつかれた大司教を群衆の目の前で断罪して、女神が悲しんでいる！　この悪魔め！　と追及して、それを合図に女神像の下を爆破して大司教に像もろとも倒れてもらう予定だったんだ。だから俺もラメルも手を出していないことを証明するために、あえて縛られていたってわけだ」

「……え」

「あれは、全部、ガウェイ皇帝の仕掛けではなかったのか!?　まさか、いくら大司教を断罪するためとはいえ、女神像を壊そうとしていたのか？　私は聞いていないぞ！」

そこでロネタ王が怒ってガウェイ皇帝を睨みつけました。

「それくらいしないと民衆は納得しないだろう？　まあ、結果、女神像も無事だし、上手くいったから良しとしてくれ。本物の奇跡も起きたのだ。めでたし、めでたし」

「めでたし、では、ない！　パナ神が降臨されなかったら、今頃は貴殿が雷に打たれていたぞ！　まったく、任せておけと言うから信じていたのに、やることが突飛すぎる。海賊を黙らせることとはわけが違うのだぞ！」

収まらないロネタ王がガウェイ皇帝に詰め寄ります。わたしも、いくら群衆に大司教様が悪魔に魅入られていたと知らしめたかったと言っても、女神像を爆破しようだなんて乱暴だと思います。

「痛っ！」

ロネタ王に叱られてもへらへらしていたガウェイ皇帝に女神の鉄槌《てっつい》が下されました。

カア！

カア！

上から皇帝にコミの実をぶつけたフーちゃんが満足げに女神の像の肩に乗ります。

「女神の御使いもお怒りだ！」

ロネタ王が冷たい目で皇帝を睨み、まともにコミの実をぶつけられた皇帝は痛そうに頭をさすっておられました。

「フーちゃんは本物のパナ神の御使い様だったのですね」

そうつぶやくと、隣にいたラメル様も頷きました。

きっとパナ神は大司教を咎《とが》め、ご自分の女神像を守ったのでしょう……多分。


「まるで、伝説の通り……だわ」

その時、少し高い子供らしい声が響きました。いつの間にかビアンカ様が広場に来ていたようです。

「ビアンカ！」

「お父様！」

ビアンカ皇女に気づいた皇帝が駆け寄って、その娘を愛おしそうに抱きしめました。

「声が出せるようになったのか？」

「ええ、ええ。お父様のお姿を見たら……」

「良かった……本当に……」

父親の顔を見られたことで、気持ちの尖《とが》りが取れたのでしょう。お声が出るようになってよかったです。喜び合う二人を見て私とラメル様は顔を見合わせ、そっとその場を離れるつもりでした。

「お待ちください！　聖女様！　聖騎士様！」

私たちの行く手を阻むのはビアンカ皇女の使用人たちでした。

「数々のご無礼や、お二人を引き離すような真似をして誠に申し訳ございませんでした！」

船からついてきていた侍女と護衛騎士が私たちの目の前で膝をつき、頭を下げて謝ります。

意地悪していることは自覚していたようです。ラメル様を見るとヤレヤレといった顔をしていました（皆様には無表情に見下ろして見えたでしょうが）。どうしていいか、オロオロしているとビアンカ皇女がやってきました。

「彼らの過ぎた行動は皆、主《あるじ》のせいです。私が不甲斐ないばかりに、申し訳ございません」

「済んだことです。どうぞ、もう、お気になさらずに。それよりも、ビアンカ皇女のお声が出るようになって良かったです」

また、私に頭を下げようとする皇女様を慌てて止めます。すると私の両手を包むようにビアンカ様が手を重ねてきました。隣でラメル様がたじろいでいます。

「聖女様の伴侶である聖騎士様を私の護衛にしようなどと、大それたことをしてしまいました。本当に申し訳ございません」

「……あの、申し訳ないのですが、この服はやむを得ない事情でお借りしただけで、私は聖女ではありませんし、夫も聖騎士ではありません……」

「いいえ、いいえ！　誰がなんと言おうとも、聖女様と聖騎士様です！　今、奇跡を目の当たりにして、私は猛烈に感動しております」

「は、はあ……で、でも……」

「子孫代々に語り継いでいきます。これからもご夫婦、仲良くしてください。ええ、存分に！　貴方夫婦は私の憧れです。今度、国にもいらっしゃってください。恩を返させてください」

ビアンカ皇女のあまりの勢いに、気圧《けお》されてしまいます。え。慎ましく？　大人しいのでは？

「聖女様、あの……」

「ええと……」

「お姉様と呼んでもよろしいでしょうか？」

「……」

ふいに握られた手に力が入りました。ビ、ビアンカ皇女はこんな性格だったのですね……。助けを求めてラメル様を見上げましたが、ラメル様に目を逸《そ》らされました。

その後、聖地カラナの広場での奇跡は国中に知れ渡ることになり、もちろん『女神の滴』は廃止。反皇帝派の貴族はお家断絶。全身を雷で打たれてしまった大司教様は赤ちゃん返りしてしまい、城の地下に幽閉されることになりました。

私は聖女の服を着て各地に顔を出す羽目になりましたがその分、ロネタに多大な貢献をしたとしてラメル様と一緒に、ロネタの貴族と同じ権利を得ることになりました。もちろん、私が考案したとされるブレスレットはバカ売れです。

慈善事業はセゴア様が引き継がれるので安心です。

＊＊＊

一連の事件も解決し、港が開放されてリーズメルモに帰れる日が来ました。

困惑気味のゼパル様が言います。本当に色々とお世話になりました。

「何か、凄いことをしでかしてくれた気はするが、なんとかなってよかった」

「ラメル様とフェリ様が聖騎士と聖女になってしまわれるなんて驚きました」

「二人とも、偽物でしたけれど」

私がそう返すと、ラシード様を抱きながらセゴア様も笑いました。いろいろと奇跡が重なりましたが、それもこれも神の一族の国ロネタならではの奇跡だったのでしょう。

港でセゴア様たちと別れを惜しんでいると、ラメル様が席を外した隙にガウェイ皇帝が商人の変装のまま私のところへ近づいてきました。

「世話になったな。ビアンカも別れを言いに来たがっていたが目立つから置いてきた。国に着いたらでいいから手紙でも書いてやってくれ。ソテラ夫婦には並々ならぬ憧れがあるようだからな」

「恐れ多いことです」

「特にフェリのことは『お姉様』なんて呼ぶ始末だ」

「そ、それは……」

「まあ、あんな恐ろしい男を夫にして手懐けているんだから大したもんだ」

「ラメル様は恐ろしくなんてございません」

ただ、表情がないだけなのです。

「恐ろしいさ。大司教があの時、雷に打たれていなかったら、即首を落とす角度に剣を構えていたからな？　ためらいもなく」

「まさか……」

「なんにせよ、俺もビアンカを連れて帝国に帰る。何か俺の力が必要な時はいつでも声をかけてくれ。きっとヤハナも『聖女』のフェリに会いたがると思うぞ」

「『聖女』は荷が重すぎますのでご遠慮したいと思います。が、機会があれば是非」

「おおっと、怖いのが来たから逃げよッと！」

こちらに気づいてやってきたラメル様にそんなふうに言いながらも、皇帝はバシンと肩を叩いて『航海の無事を祈る！』と送り出してくれました。どうやらラメル様も気に入られているようです。

「簡単な視察だったはずなのに、こんなことになってしまいました。ですが、役目は十分に果たしましたね。ガウェイ皇帝との繋がりもできましたし」

無事に船が出航して一息つくとラメル様が衣装箱を差し出しました。後で着ろということなのでしょう。何やら開けるのが怖いですが、言いつけを守らずに危ない真似をした私が悪いので仕方ありません。罰として甘んじて受け入れます。

「やっとローダの元へ帰れます」

「ええ」

ガウェイ皇帝とビアンカ皇女の再会を羨ましく見ていたのは私だけではありません。きっと、愛しいローダは指を何度も数えなければならなかったでしょう。早く戻って抱きしめたいです。

「でも、まさか私の奥さんが『聖女』になるとは思いませんでしたよ」

「私も、旦那様が『聖騎士』になるなんて思っていませんでした」

「いろいろなフェリを見たいと思っていましたが、こんなに見られるとは思わなかった。無鉄砲な貴方にはヒヤヒヤさせられましたけれどね」

「そ、それに関しては反省しています」

「どんな貴方も好きになる自信はありますが、危険な真似はもう、なしですよ」

その言葉に嬉しくなります。

「はい……ラメル。私、今回のことでわかったのです」

「何をですか？」

「ラメルが初めから私を認めてくれて、側に置いてくれていたのだと」

「私も思ったのですけれど」

「？」

「私たちに起こる出来事は必然なのではないかと。出会いも。お互い偽物になったことも。すべて、今、愛し合うためではないかと」

「ふふ。そうですね。ラメルを愛しています。これ以上ないくらいに」

「私も、これからも貴方を愛しますよ」

そうしてフワリ、とラメル様が私に笑いかけました。

「えっ⁉」

「上手く笑えていますか？　知っています？　貴方が私の頬を上に上げる時、私が貴方のことしか想っていないことを。それに気づいて練習しました」

最強の笑顔を向けられて私の心臓は口から出そうなくらいドキドキしています。

どうしよう、もう、どうしたらいいのでしょうか。

「貴方が笑顔ならそれでいい」

「ラメル……」

それから口づけを交わしてぴったりと抱き合いました。

こうしてみれば、ものすごくしっくりくるのではないかと思います。なかなか良い夫婦になってきた気がして、私はとても幸せな気分になるのでした。

特別編
愛しい妻と渾身の衣裳のあれやこれや

～偽護衛騎士は聖女とメイドにメロメロ編（ラメル視点）～

「ラメル！　ずるい！　ロネタの視察には俺が行く予定だったのに！」

「しつこいですよ、ジョシア！　最近、貴方《あなた》がどれだけ仕事をさぼっていたか自覚があるのですか？」

「船室だって押さえたのにぃ！」

「巡礼船の裏カジノ」

「えっ」

「ワイナリー見学をしたい？　ミシェル妃にいい顔して、本当は船で何をしようとしていたんでしょうね？」

「あー……」

「まったく。最近の夜遊びの先も、もう押さえてありますからね。覚悟なさい」

「ひえええっ」

項垂れるジョシアを見て、ため息しかでない。学生時代のような女遊びはしなくなったが、最近になってカードゲームにはまっているらしく、夜な夜なカジノに顔を出していたようだ。まったく、王太子が何をしているのだか。もちろん、夜遊びで何をしているかは初めから知っていた。ジョシアは人脈を作るのが得意で、その明るい性格が人に好かれる。お陰で普通では知り得ない情報を掴《つか》むことや、政治的にも利益をもたらすこともあるので、侮れない。

が、今回はちょっと遊びが過ぎていた。

そういう時にお灸をすえるのはいつも私の役目である。

「お仲間は皆さん、夜遅くまで貴方を引き止めて、大変深く反省しておられますからね。軽い遊び程度なら、と目を瞑っていましたが、度が過ぎて、執務に影響が出るなんてこと、あってはならないですよね？」

「……はい」

「王も大変お怒りです」

「……はい」

しおらしくなったジョシアだが、立ち直りが早いので要注意だ。困ったものである。まあ、しかし、今回のロネタ視察の件は母の口添えもあって私に回ってきたのだから許してやってもいい。

視察は定期的に行っているので、ゼパル王子の祝いを目的にした旅行のようにとらえてもいいくらいだ。しかも、フェリを連れて行くとか。最高か。

ローダを置いて行くのは心苦しいが一週間ほどのことだろうし、しばらくジョシアのせいで忙しかったことも報われるというものだ。浮き立つ気分の中、また朗報が届いた。

――巡礼船では様々な催しがあり、今回それは仮装パーティだということだった。

なにそれ。

とてもいい。

私の頭の中はフェリにどんな衣装を着せようかと、そればかりでいっぱいになった。


フェリに着せているナイトウェアや下着の数々は今をときめくロックウェルショップにすべて発注している。今でこそ、（妹、アメリの助けもあって）屋敷に堂々と呼んで商談できるようになったが、元々ロックウェルは街の裏通りのアダルトショップのお抱えデザイナーだった。

どうして、そんなところで注文を、と思うかもしれない。けれど、公爵家お抱えの仕立て屋に大胆な下着やナイトウェアの発想などあるはずもなく、ジョシアお勧めのアダルトショップに街まで降りて、わざわざ変装して頼みに行っていたのだ。

初めはナイトドレスなど購入するつもりもなく、結婚祝いに教えてやると先輩風を吹かせたジョシアに連れていかれた店だった。しかし、そこで理想的なナイトドレスを見つけ、フェリにプレゼントしたところ、これが実に似合ってしまった。それから個人の注文も引き受けるというので依頼するようになったのだ。

私の注文を受けるようになってから、ロックウェルの創作意欲が爆発したらしく、次から次へと素晴らしいフェリの夜の装いが誕生した。パトロンになって出資し、個人で店を構えてからはメキメキと才能が開花して、今では貴族階級でも知る人ぞ知るナイトウェアデザイナーになっている。

フェリのドレスは公爵家お抱えの仕立て屋にフェリが直接注文する。もちろんロックウェルに淑女のドレスは頼まないし、彼もそれは不得意だ。そもそも、フェリには会わせもしない。だから、普段は私がナイトドレスと下着しか頼まない。けれど、今回、巡礼船での仮装パーティの話をしたら、『是非、下着だけではなく、外装もお任せください！』と熱心に言われたのだ。

——聖女様と騎士様、なんてどうでしょうか？

——執事とメイドもいいですね？

目を輝かせて提案してくるロックウェルの仕事はいつも満足いくものばかりだ。正直、自分の衣装には全く興味はなかったものの、その設定には惹かれるものがある。聖女とそれを守る護衛騎士が恋人同士なんてロマンティックでいい。清楚で真面目な聖女様が恋人の護衛騎士にだけ、ベッドで乱れる……なんて。

執事とメイドの方はもちろん執事がメイドにご奉仕しを指南しなければなるまい。ちょっと先輩風をふかせて、その体に教え込む……秘密の関係と言うのも、いいかも。そちらは元々フェリが侍女であるので硬いイメージの制服とは違ってフリルたっぷりの可愛い感じにしてもらおう。職場での抱合は不本意ながら経験済みだが。

——楽しみ過ぎる。

出立の日、胸が痛んだローダとのしばらくの別れをして、いよいよロネタ行きの巡礼船に乗り込んだ。フェリの衣装も素晴らしい出来栄えで早く着せてみたい。しかし、レイナードめ……どこから現れてローダを抱っこしにきたのだ。思い出すとイライラする。

船に着くと早速、フェリに衣装を着せるようにオリビアに指示をした。

ただ、聖女のイメージで作ってもらった服の方は素直に着用してくれると思うが、下着が際どい仕上がりになっている。ロックウェルが言うには、『これがギャップ萌えというものでございます』らしいが、フェリが着なければ意味がない。

ドキドキして待っていると用意ができたと声がかかった。

「ああ、フェリ。本物の聖女の様です。とても美しい。私もすぐに支度してきますね」

白い聖女の衣裳に身を包んだフェリは本物の聖女のように輝いて見えた。とても、いい。さっと自分の着替えを済ましてフェリをエスコートしようと部屋を出ると、フェリの熱い視線に出迎えられてしまった。私が動くとフェリの視線が追ってくる。正直、自分の衣装などどうでも良かったが、こんなにポーっと頬を赤らめて見つめられると嬉しい。

「私は貴方の専属の護衛騎士です。貴方に忠誠を誓いましょう」

片膝をついて手の甲にキスを贈ると一層フェリの顔に赤みが差した。

み、見とれてくれている？　そう思うとこちらもソワソワしてしまう。

立ち上がって見下ろすと清楚な装いながらも生地が薄く滑らかなために、フェリの背中からお尻のラインが美しく強調されていた。思わず腰に回していた手でお尻を撫でてしまう。

「ひゃっ」

可愛い声を聞いて気分がよくなると、そのまま下着を着用してくれているか、上からなぞって確認する。感触から私の希望通りの下着をつけているようだ。

そのまま心地いいお尻も堪能すると、いつもなら絶対に抗議されてしまうのに、騎士姿が幸いしたのか、お尻を撫で続けてもフェリは何も言わなかった。

――この騎士姿、使える。

それから、船室を出ると、間違いなくフェリが人前で私にしなだれかかるように腕を取ってきた。そのフワフワの胸をギュウギュウと押しつけながら歩く。

そうして、『貴方が、一番、素敵』とか、『素敵すぎて眩しい』とか『かっこよすぎて女の人の視線に嫉妬する』とか。言ってくるのだ。

こんなに愛妻に煽られて、もう部屋に戻っていいだろうか。

しかし、そこで頷いてくれないのが私の天使。デートがしたいと強請《ねだ》られてしまっては、その願いを叶えないわけにはいかない。まあ、キラキラした目で大道芸人を眺めるフェリも、異国の食事を頬張るフェリも可愛いのだからいいのだけれど。

こんな姿を見ると、少し複雑な気分になる。

身分差もあっての公爵家への嫁入り。加えて、リーズメルモでは私との事件のこともあって、フェリはいつもどこか『きちんとしなければ』と、ずっと気を張っているように思える。私も穏やかに過ごせるように、と気遣ってはいるつもりだが、のびのびと自分を外に出すことは難しいのだろう。

きっと、私が知らない面がまだフェリには沢山あるのだ。こんなにはしゃいでいる彼女を見るのは新鮮だった。

度重なるフェリの胸押し付け攻撃に加え、『一時《いっとき》も離れるなんて嫌です』なんて甘えられて私は耐えに、耐えた。ジャグリングが終わると同時に、フェリを抱えて船室に戻ったのは致し方ないことだ。

ベッドにフェリを下ろすと、さっさとおもちゃの剣をテーブルに置いてコートを脱いだ。すると

フェリの視線を感じる。

「……この格好……気に入りましたか？」

「えっ、あ、あの、うっ……はい。とても、カッコよくて、困ってしまいます」

「困る？」

「もう、何をされても許してしまいそうです」

……騎士服を着るだけでこんなにも違うものなのか。

よくわからないが頬をムニュリと引っ張られてからフェリの口づけを受けた。

「ラメルが悪いのです。貴方が素敵過ぎるのです」

そんなことを言うフェリに我慢ならない。フェリの上に跨ると、薄い布が膝の下で押さえる形になって、思いがけずフェリの身体を拘束した状態になった。

フェリが身をよじると身体のラインがあらわになって、とても官能的だ。口づけをしながら胸の重なり合った生地をめくると、白い清楚な服の下から、さっきまで私に押しつけていた胸が現れる。手のひらを往復させると固くなった胸の尖りがその場所を主張するように布を押し上げてきた。

「硬くなっていますよ。私に触って欲しいと強請っている」

言葉に出すとフェリが真っ赤になって恥ずかしがるのが可愛すぎる。調子に乗って乳首を触るが、この服、どうやって脱がすのだろう。早くフェリのふわふわの胸に直接触れたいのに。

「お遊びの衣装ですからね。破れても構いませんよね」

しびれを切らして服を割《さ》いてしまってから、背中に隠しボタンがあることに気づいた。が、もう、いい。いやらしい下着が見えてくると我慢なんてできなかった。

思わず、下着の胸の部分をずらすと、ぽよん、と裸の胸が出てくる。白いコルセットは、たわわな胸を押し上げて、私に食べてくださいと言わんばかりに差し出しているようだ。これに噛り付かないなんて選択はないだろう。そのまま、スカートも破いて暴いていくと、下着姿だけになったフェリは想像以上に色っぽくて困った。

「は、恥ずかしいです」

そう言って恥じらいながら身をよじる姿がまた堪らない。その白い足を太ももまで覆う柔らかいブーツはコルセットの先にベルトで繋げてある。この僅かな隙間の肌が恐ろしいほど、いやらしく感じる。丁寧に足の付け根から舐め上げてブーツを脱がせる。この過程がこんなに興奮するものだとは夢にも思っていなかった。

「清楚な聖女様がこんなにいやらしいなんて」

「いやらしいなんて……ひどいです」

涙目になったフェリを見てちょっと虐め過ぎたかと反省する。

「私にだけならいいのですよ。ここも、十分濡れています」

フェリの秘めた場所に指を這わすと、そこはもう十分に濡れている。……いや、いつもより濡れているのが分かる。これも、騎士服の効果なのだろうか。

グッと指を差し込んで膣《なか》を擦り上げる。ちゃぷちゃぷと音がして、もう、早く繋がりたくて仕方ない。

「くうぅぅうっ」

切ない声が聞こえると出し入れしていた指を掻き出すように抜いた。それと同時にビュ、っとフェリが軽く潮をふいて達したようだ。

フルフルと小鹿のように震えている。そんな姿にもう、理性は焼き切れてしまった。すぐにカチコチになった剛直をフェリに埋める。迎え入れたそこは熱く、私を包み込んで、挿《い》入れただけで射精《で》そうだ。

「フェリ、手を繋いで」

「……ラ、ラメル」

互いの手を絡めて、口づけをかわす。

どこもかしこも繋がりあいたい。

その存在を刻みつけたい。

腰を揺らし、激しく膣《なか》を犯して、幾度もなく、フェリの中で果て、また潜り込んだ。

私だけの聖女はベッドの上でいやらしく乱れ、私だけを受け入れ、快感に声をあげた。

それはとても――最高の夜だった。

＊＊＊

ビアンカ皇女を襲った暴漢を、懲らしめたまでは良かった。フェリにも危害が加わる可能性があったからだ。

でも、せっかく、フェリと旅行気分でロネタに視察に来れたというのに、ビアンカ皇女を助けてから、何故か皇女の側にいてくれと頼まれてしまった。正直、放っておきたかったが、まあ、そうもいかない。優しいフェリはビアンカ皇女に同情しているようだ。私だって、リーズメルモの宰相補佐という立場でなくとも、皇女はゼパル王子の姪だし、妹のアメリや娘のローダと重ねて見てしまう。

だが、そう簡単にはこの状況を許すわけにはいかないのだ。

私が、

どれだけ、

メイド服のフェリとの愛を育むことを楽しみにしていたか！

「昨日のメイド服を着て、フェリが体を流してくれるのなら行ってきましょう」

フェリに約束を取りつけ、さっさと皇女を送って戻ってこようとしたが、思ったよりも皇女は酷《ひど》い状況だった。部屋に送って、ソファに座ったのを確認して『では』と立ち去ろうとすると、後ろで皇女が泣いている。……侍女の話だと、『悪魔が窓から覗《のぞ》いている』らしい。信心深い皇女はいつもどこかで悪魔に狙われていると思ってしまっているようだ。いろいろと怖い目にあって、トラウマになっているのだろう。まあ、そこに『聖騎士』なんて現れたら、縋《すが》りつきたくなるかもしれない。これはあまり説明すると、優しいフェリが肩入れしてしまいそうだから黙っていよう。

「もう少しだけ、姫様が、お眠りになられるまで！」

従者が私に懇願してくるが、船室でフェリを本物のメイドだと思って手当てを受け、その胸元を鼻の下を伸ばして見ていたのを知っている。恨みも込めてひと睨《にら》みすると押し黙った。けれど、結局はブルブルと震える皇女を放っておけなくて、寝かしつけるのにベッドの隣で見張っていることになった。

「はあ。まったく」

ようやく解放されたのは、しぶしぶ皇女と一緒に取った夕食を終えて、皇女がベッドで眠った頃だった。それも『こんなに安心して眠る姫様を見るのは久しぶりです』とか言われた。すでに面倒なことになっている気がする。

中央宮の使用人に案内させてゼパル王子が用意してくれた部屋に急ぐ。フェリのことだ。きっと私を心配して起きて待っているに違いない。そう、思って扉を開けるとやはり部屋は明るかった。

「ラメル……こんなに遅くまで、大丈夫ですか？」

「ええ。なかなか帰してもらえなくてね。フェリはちゃんと食事を取ったのですか？」

「ゼパル様ご夫婦が晩餐《ばんさん》に招待してくれたのです」

「それは、良かった」

「ラメルは、ちゃんとお食事を取れたのですか？」

「まあ、この上なく豪華なものをね。そんなものより、フェリと食事を取りたかったですけど」

フェリと話しながら服を脱いでいるとベッドの上に衣装箱があるのに気がついた。

「あ、あの……。約束でしたから」

「では、背中を流してもらえます？」

「……はい。では、用意します」

夫婦の会話を聞いていたオリビアがさっと立ち上がって浴室の用意を済ませてきた後、フェリにメイド服を着せてくれた。もちろん髪もちゃんと結ってヘッドドレスもついている。その後はスッと部屋からいなくなった――オリビア、やはり、できる。

耳まで赤くして、スカートの前掛けをきゅっと握って、下を向くフェリが可愛《かわい》い。絶対、普通に交渉していたら着てもらえなかった。ちょっと面倒なことにはなったが、これは得をしたに違いない。

手を差し出すとちょこんと手を握るフェリ。か、可愛い。脱衣所に入るとその姿を堪能する。やはり、上から覗くと、いい角度で胸の谷間が見える。

「服を脱がしてくれますか?」

そう声をかけると、おずおずと私のシャツのボタンに手を伸ばす。私だけの可愛いメイド。

「実は、こうすると……」

「キャッ」

フェリの腰のリボンの下にあるボタンを外すと、勢いよく生地が落ちて、スカートが白いフリルの前掛けすれすれの短いものになる。ロックウェルが提案してくれた仕掛けだ。下に落ちた生地を見てフェリが驚いていた。ふふ。……あれ、ちょっと苦笑している?

「……お背中を流すのですもの、み、短い方がいいですよね」

乾いた笑いと共に、フェリが再び私の服を脱がす動作に戻った。胸の谷間もいいが、太ももの白さもいい。じっと眺めていると、てきぱきと裸にさせられていった。ちょっと下着を下ろす時に戸惑っていたのが可愛かった。浴室に入ると椅子に座らされて湯を流される。恥ずかしいのか私の股間を隠すようにタオルがかけられていた。それから、てきぱきと髪を洗われる。頭皮をマッサージするようにフェリの指が動いて、とても気持ちがいい。

「後ろからではなく、前に立って洗ってもらえませんか？」

「前ですか？」

私の要望に応えてフェリが前に立ってかがんで髪を洗う。すぐさま引き寄せて膝の上に乗せたいが、ぐっと我慢して揺れる胸の谷間を堪能した。そうして泡が流されたタイミングで胸の谷間に指を差し入れた。

「ひゃん」

驚いたフェリが声を上げる。そのまま服を軽く引き下ろすと胸元のギャザーを作っていたレースが引き下げられて、たゆん、とフェリの裸の胸が曝《さら》け出される。

「え、ちょっ……」

逃げ腰になるフェリの体を押さえてフワフワの胸を掴むとそのまま胸の先を口に含んだ。

「や、あ、あん」

舌で乳首をクニクニと舐《な》めるとフェリから甘い声が聞こえる。それでも泡を流し切るのに必死なフェリは最後まで背中に湯をかけてくれた。ぐっと引き寄せて膝の上に座らせる。このままフェリを堪能したかったが、フェリは抵抗してみせた。

「ご、ご主人様、これでは、体を洗えません」

「でも、貴方が魅力的だから仕方がない」

「洗い終わるまでは、待ってください」

「待てるかな……」

こんなに魅力的なメイドに我慢できる気がしない。そう言いながらフェリの下穿《したば》きを素早く取り去ると、フェリが膝から立ち上がってしまった。

「ご主人様、私は、お背中を流す約束をしたのですよ？」

湯けむりの中、可愛く怒るメイドは、胸をしまいながらそう言った。しかし、足元には私が脱がした下穿き。太ももまでのスカートの下に、何も身に着けていないと思うと興奮する。

「体を洗い終わるまでは我慢してください」

メイドはそう言うと、籠から取り出した長いタオルで私の目を覆った。

「これでは私の可愛いメイドさんの姿が見れられません」

「体を洗い終わったら外して差し上げますよ？　ご主人様が悪戯《いたずら》ばかりするからです」

諭されながら視界を塞がれる。フェリは背中に回って私の背中をゴシゴシと洗いだした。これはこれで気持ちいいが、物足りない。フェリに気づかれないようにタオルを緩め、顔の角度を調節すると前が見えるようになった。

「前もしっかり洗ってもらえますか？　見えませんから、悪戯もできません」

そんなふうに言ってみるとフェリが今度は前に来て膝をつき、私の体を洗い始めた。体を滑るスポンジの感触よりも隣に添えられたフェリの指に欲望をそそられる。隙間から窺《うかが》うと真剣な顔でフェリが私の体を洗っていた。やがて、躊躇《ためら》いながらもタオルを外して股間も洗ってくれる。優しく手で触れられると今にも爆発してしまいそうだった。

「……あの時みたいに、できますか？」

そう、声をかけると、足の間にいたフェリが考える仕草をしてから、声を出す前に答えだと言わんばかりに洗い流した陰茎を口の中に迎え入れた。

——私が見えてないと思っているのか、随分動きが大胆だ。

嬉《うれ》しい誤算に興奮してフェリの口の中で大きくしてしまう。苦しそうにしながらも一生懸命、口に含むフェリがいやらしすぎる。四つん這《ば》いになって奉仕するフェリ。気づけば、その姿が後ろにあった鏡に映っている。お尻を上げているせいで短いスカートの中がバッチリと私に見えていた。

「ん、んー」

それに気づくと益々そこを大きくしてしまった。でも、モノを舐めながら、割れ目を見せつけられて興奮するなという方が無理だ。

「胸で挟んでくれませんか？」

次に、そうお願いするとフェリが『ぷはっ』と口を離して、体を起こした。完全に勃《た》ち上がったそこを見てから、しまっていた胸をまた、たゆん、と出すと、そっと私の高ぶりを挟んでくれた。

「は、挟みましたよ？」

「そのまま、刺激して……」

お願いすると、フェリが胸を手で寄せたまま、挟んだ陰茎を上下に刺激してくれる。胸の間に挟まれた欲望の頭が見え隠れして刺激される。ああ。もう、なんだ、この、だから、いやらしすぎる！

「き、気持ち、いいのですか？」

「く……と、とても、いいです」

そう、答えるとフェリがまた体を上下して刺激してくれる。

ああ、天使か。天使なのか!?

いや、違う、私を篭絡《ろうらく》する堕天使か……。

もう、どうなったって、いい。

「フェリ、ああ、もう、出てしまうから」

射精感が高まってきてフェリの体を離そうとすると、

「……出して、いいですよ」

なんて言われてもう、余裕もなく爆《は》ぜてしまった。ビュビュッと勢いよく精液が飛んで、フェリの白くまろやかな胸の上と顔に少しかかってしまった。飛んでくる精液に目を閉じたフェリはそのまま細い指で顔を拭ってついた精液を眺めていた。私が見ていないと、こんなに大胆になるのか。恥ずかしがるフェリもいいが、こんなエッチなフェリもまた、いい。いや、とてもいい。

「メイドさん、目隠しはもう、取ってもいいでしょうか」

「ちょっとお待ちください」

フェリが慌てて顔と胸についた精液を洗い流した。もう少し、自分が穢《けが》してしまったフェリを見たい気もあったが、深追いすると見ていたのがバレてしまう。今後のためにも知らん顔していた方がいいだろう。さっと服の中に胸をしまったフェリは、私の体をもう一度綺麗《きれい》に流してから目隠しを取ってくれた。

「綺麗になったし、気持ち良かったです」

そう告げると、フェリがトマトのように真っ赤な顔になった。

「そ、それは良かったです……」

「私もメイドさんの気持ちいいところに触れたいのですが」

「えと、それは……」

フェリを立ち上がらせて前に立たせる。

「自分で、スカートを上げて？　ご主人様の命令ですよ」

「……はい」

弱々しい声で答えたフェリがスカートの裾をゆっくりと上げる。

「もっと」

「……はい」

恥ずかしそうにスカートを握りしめながら、フェリが羞恥に耐えている姿に興奮する。出てきたフェリの割れ目に指を差し入れると『フ、』と声が漏れてきた。

「エッチなメイドさんは口で奉仕しながら感じていたのかな？」

そう言って人差し指をくッと曲げで膣《なか》に差し込んだ。浅いところを小刻みに揺らすとフェリから甘い声が上がってくる。

「あっ、あっ……」

「スカートを咥《くわ》えて？」

「……はい」

言われた通りにフェリがスカートの裾を口に咥えた。すっかり暴かれてしまったそこに、指を沈めるとクチャクチャと音がし始める。舌を這わせながら指を増やして、膣《なか》をかき混ぜるように動かす。唇で敏感な粒を時折挟んで刺激を与えた。

「んーっ、んーっ」

恥ずかしいのか快感からか、フェリがギュッと目を瞑《つぶ》った。咥えたスカートの裾がフェリの唾液を含んで色濃く染まっていく。

「このまま、繋《つな》がってしまいましょうね」

「……ん、んむ」

腰を引き寄せて膝の上に乗せると、グッとお尻を引き上げて、再び勃《た》ち上がってきた陰茎をヌルヌルになった入り口に押し当てた。ヌチッと音がして、そこからは一気に膣《なか》に潜り込んだ。

「は、はぁっ！」

繋がった刺激でフェリがスカートの裾を口から離してしまう。胸をまた引き下げながら開いた唇を唇で塞いだ。

「ん……」

舌が絡み合い、しばし口づけに夢中になる。親指で両方の乳首を押し上げるように刺激しながら、ゆるゆると腰を揺らし始めた。

「ふはっ、はっ、ハア……」

必死に腰の動きに合わせて揺れながら、フェリが私にしがみつく。

そうやって、しがみついて、求めて、離さないでほしい。

私を困らせて、喜ばせて、夢中にして。

「ご、ご主人さま……ああ……」

「もう少し、激しく動くから」

「んあっ……はあっ」

「好きって言ってください」

「す……あっ、あっ、しゅきっ……」

「いい子です。奥、気持ちいいね？」

「すき……あっ、あーっ」

「愛してますよ、フェリ……」

「は、はあああんっ」

愛してると言うとフェリがキュウッと締めつけてくる。深く、私を包みながら、膣《なか》が蠢き、私のすべてを受け入れてくれる。もう、腰の動きも止めようもなく、本能に従って快感を貪る。

「欲しい？」

「ハア、ハア、ほ、欲しいです」

「たくさん、奥に注いであげるから、ねっ」

「はうううっ」

ジュプ、ジュプと激しい音と白く揺れる胸。強烈な快感が突き抜ける。貴方は私の最愛の人。

「一緒にイこうね……くっ」

「あ、あ、ああっ、ああ――っ」

最奥に精を放つとフェリの体がびくびくと跳ねた。快感で蕩《とろ》けた顔が可愛い。衝動のまま、赤く熟れた唇にむしゃぶりつくと、息が整わないまま、懸命に私に応えようとするのが、もう、なんていうか……。健気《けなげ》で、愛《いと》おしい。

そうして繋がったままで口づけを続けて幸せを味わう。ちゅっ、ちゅっと顔中に口づけをして、呼吸も落ち着いてくると、愛くるしいメイドの服から零《こぼ》れ出た乳房が目に入った。

――また、頼めば挟んでくれるだろうか。……いや、フェリのことだから、見えていたら絶対に恥ずかしがって断るに違いない。時間をおいてから、また目隠しプレイで……。よし、そうしよう。

「一緒にお風呂に浸《つ》かりましょうか」

ふにゃふにゃになったフェリの服を脱がして、抱き上げて湯舟に入れた。されるがままになってい

るフェリを世話するのも楽しい。裸にヘッドドレスも捨てがたかったが、これはなんとかまた着てほ

しいので、丁寧に畳んだメイド服の上に置いた。きっとオリビアが洗って保管してくれるだろう。

「フェリ、気持ち良かった？」

「……」

答えあぐねているところをみると、この後、どうにか私を寝かしつけたいと思っているはずだ。寝

かせてあげたい気もするが、もう少しだけ愛を確かめたい。後ろから首筋に唇を寄せながらふわふわ

の胸を掴んでいると、咎《とが》めるようにフェリが私の手を握って力を込めた。

「ロネタに着いてからいろいろなことがあって、ラメルもお疲れでしょう？　体も流しましたし、そ

の、い、いろいろとしましたから、今日は……」

「フェリと別行動しなくてはならなくなって、私は寂しかったのですけれど」

「えっ。あ、そ、それは、私も……」

「フェリをもう少し堪能させてください」

「……少しだけですよ」

なんだかんだ言っても許してくれるフェリが愛おしい。それから風呂から上がって、ベッドにフェ

りを運ぶと、思う存分、愛を育んだ。快感でトロトロになった顔で『ラメル、もう、許して』と言われては、……もう、堪《たま》らなかった。

～船の上でのお仕置き編（フェリ視点）～

　さて、やっと、ロネタから無事に船が出航し、リーズメルモに帰ることになりました。しかし、ラメル様とホッと一息。このまま、平穏に……とはならなかったようで。夕食後に身支度を整えて、寝室で二人きりになってからは、気まずい雰囲気が漂っています。

　チラチラと見るのは謎の白い衣装箱。金色のリボンが、かかっています。なんだか、いつもより も力が入っているような気がして、開けるのが怖いです。頼れる侍女、オリビアも早々に私とラメル様を部屋に押し込めて、退出していってしまいました。

「話をお聞きする前に、約束ですので、着替えていただきましょうか」

「オ、オリビアを呼びますか？」

「……彼女に見られたいなら、どうぞ」

「……」

　その言葉の意味は『見られたら私が恥ずかしい思いをする』ということなのでしょう。先にリボンをほどいて、衣装を見ることにしました。オリビアの手伝いが要らないということは、きっとナイトドレスなのでしょう。箱を開けると、薄ピンクのモコモコしたタオル生地にレースたっぷりの衣装が出てきました。

――ナイトドレス？　というよりは下着の類《たぐい》です。

中から出てきたものを私が手に取っているとラメル様がじっと見てきます。これ、もしかして貴方《あなた》の趣味なのでしょうか……。

「ドレスを脱ぐのは手伝えますよ」

有無を言わせないという意志が伝わってきます。これを着たら、きっと機嫌が少しは直るはずなのです。ですが、ちょっと、これは少女趣味すぎないでしょうか。子持ちの二十六歳にもなる女がつけていい下着だとは思えません……。

「フェリ。貴方は少しでも、私の機嫌を取る必要があるのではないですか？」

「はい……そう、ですね」

ああ。私が悪かったのです。ラメル様の言いつけを守らず、飛び出していってしまったのですから。ラメル様の蒼白な顔を思い出すと、どれだけ心配をかけてしまったのかと反省しています。

仕方がないのでドレスを脱いで下着を身につけました。ラメル様が仕上げだと、私の頭にカチューシャをつけると、満足そうに私の姿を眺めました。

「とても。似合います」

「はあ……」

どこのいい大人が妻にこんな格好をさせるのでしょうか。パフスリーブのついた上半身は薄いピンクのモコモコしたタオル地にフリルがついています。しかしその長さは胸の下までで、おへそが見えています。下半身は太ももまでのふんわりと膨らんだとても短いパンツ。後ろには、ご丁寧に大きな丸い尻尾がつけられ、手にはモコモコの手袋、足にもモコモコの靴下が。頭のカチューシャには長い耳がついていました。

そうです。

ウサギです。……多分。

露出的には、今までの下着を考えると少ないような気がしますがなんというか、メルヘン全開です。完成した私の姿を一旦、その場で回らせてみて、心底嬉しそう（と言っても無表情）なラメル様……。罰なのですね。きっと。そうであってほしい。決して、趣味全開で作られたとは思いたくないです。

「では、尋問いたしましょうか」

「え……あの」

誘導されてベッドに上がり、正座させられてラメル様と向き合います。手袋をした手を膝の上でギュッと握りました。変な汗が流れてきます。

「それで、貴方が聖女キュイ様の服をお借りした件ですが。禊《みそ》ぎの後、着替えがなかった、ということは、貴方は全裸だったのですか？」

「いいえ。禊ぎの時は、いつも薄絹を着ていますのでそれを……」

「……そうですね、これは、お仕置きですから、語尾には『ぴょん』と、つけるように」

「は？」

「『ぴょん』です。ではナパル王子には素肌は見せていないのですね？」

「え、と……濡《ぬ》れていたので、体が冷えてしまって、それで、薄絹は脱いで、シーツにくるまりました……ぴ、ぴょん」

「シーツ？　それは、寝具のある部屋で、ナパル様とシーツ一枚で一緒にいたということですか？」

「あの時は、非常事態だったのです。偽の侍女に服を取り上げられて、寒くて、寒くて。ナパル様がなんとか体を温めようとしてくださって部屋に誘導してくれたのですが、そこに、閉じ込められてしまったのです……ぴょん」

「閉じ込められた？　二人きりで、ですか？」

……この後のことはできれば黙っておきたいのですが、きっと、どんな手を使ってでも、ラメル様は情報を得てしまうでしょう。何よりあの様子では、ナパル様が簡単に暴露してしまいそうでした。

これは、自分から告白しなければ。

「実は、私たちの事件と同じような媚薬《びやく》を焚《た》かれてしまったのです。で、でも！　に、二回目でしたから、煙が沈むのも知っていましたし、二人ともベッドの上に立ち上がって難を逃れました……ぴょん！」

「――で、操を立てるためなら舌を噛《か》んで死んでもいいとは？」

「あ、それは、とっさに言ってしまっただけで……注意していたのですが、ナパル様は煙をちょっと吸い込んでしまったようで、目の前にいた私に迫ったというか、気の迷いといいますか」

「吸い込んでいたら、多少、拒んだところで、ただじゃ済んでいないはずですよ？　貴方だって一度体験したのだから、知っているでしょう？　『ぴょん』」

「ああ、はい。ぴょん……いや、でも、だったら、どうして……ぴ、ぴょん」

「つまり、ただ、言い寄られたのでしょう？　本当に、貴方は自覚がないのですから。ナパル様がフェリに禁断の恋していると黄金宮で噂《うわさ》されていましたよ？」

「ええ？　そんな、勘違いですぴょん」

「まったく、私のウサギは……困ったものです。わざわざ、毎日、貴方会いたさに養護院に送ると言って、迎えに来ていたではないですか。聖職者が聞いて呆《あき》れます。しかし、無事でよかったです。こんなことになるなら神殿に行かせなければよかった。貴方に何かあったらと思うと背筋が凍りますよ」

「ご、ごめんなさい。でも、絶対に、ラメルやローダを裏切るようなことはしませんぴょん」

「……裏切るなんて露ほど思っていませんが、貴方がそんな目にあっていたとは、ちょっと落ち込みました」

　そう言ってくれたラメル様の手が私の腰に回りました。ちょっと悲しそうです。

「心配をかけてしまって、ごめんなさいぴょん」

「私や家族のことを思って、フェリがそう言ったのだとしても『死ぬ』なんて言葉が貴方の口から出たと、聞きたくありませんでした。まして、名誉のためなら、そんな覚悟は必要ありません。何があっても、貴方さえいれば、後は私が、どうとでもしますからね」

——ちょっと、どうするのか怖いのですが、私を思ってのことですよね……。

「ラメルを愛してます……ぴょん」

「……で、シーツの下は全裸だったのですよね？」

「えー……あの……ぴ、ぴょん」

「必死で隠したにせよ、胸の谷間や、足を見られたのではないですか？」

あの時は、手足がかじかんでいたので正直、気を配れていません。かなり際どい感じだったような気がします。しかも、温めるためとはいえ、シーツの上から抱きしめられて、足やら手やらさすってもらっていましたから……。私が無言でいると、何かを察したのか、ラメル様が不機嫌になっていくのがわかりました。

「貴方の魅惑のふくらみの谷間……」

「ひゃっ」

ラメル様が私の胸の谷間に指を差し込みます。ムニュりと指が沈んでいきます。

「……あの男、どうしてくれましょう……」

「あ、あの。私が助かったのはナパル様のお陰です、ぴょん！」

「はあ。フェリ、ベッドの上で、私以外の男の名など、口にしてはいけませんよ」

「あ、あの……」

魔王が、魔王が降臨しそうです！

「少し、体に覚えてもらう必要がありそうですよね？」

そう言うとラメル様は近くにあったスカーフで私に目隠しをしました。前にラメル様も目隠しをしましたが、アレは悪戯《いたずら》防止のためであって、お仕置きではありません。けれど、視界を塞がれるとこんなにも不安になるのだと、されてみて知ることになりました。

「み、見えていないと不安です」

「『ぴょん』、ですよ」

「見えていないと不安ですぴょん……」

「そうですよね。私も貴方だから許したことです。信じてますからね」

そんなふうに言われると、仕方ありません。

「私もラメルを信じています、ぴょん」

「では、もう一つ上の、信頼を頂きましょうか」

「え？」

そう言うとラメル様は私の手を前で縛ってしまいました。これでは手が使えません。目隠しした上に手を縛るなんて酷《ひど》いです。

「私を信頼していただけるなら、平気ですよね？」

「……」

信頼……は、しています。ラメル様を信頼して不安に打ち勝て、みたいな解釈でいいのでしょうか。衣擦《きぬず》れがして、ラメル様が動いた気配がします。何をしているのかが全く見えなくて、神経を尖《とが》らせます。顎が持ち上げられると唇にふわりと柔らかい感触がします。これは、慣れたラメル様の唇です。集中しているせいか、舌が熱く、いつもより感触や動きが官能的に感じる気がして、息が上がってきます。

「ん……」

キスをしながら服を下ろされて、ふるりと胸が外気に曝《さら》されます。いつもならラメル様の首に手を回せるのに、それが叶いません。腰に手を回されて、ゆっくりとベッドに上半身を横に倒されて、腕を頭の上に持っていかれました。

「フェリ、今、何をされているかわかりますか？」

「胸を掴《つか》まれて……ん、舐《な》められて？　いますぴょん」

「じゃあ、これは？」

「ゆ、指が、お、おへそをくすぐって……あっ、ん、くすぐったい……ぴ、ぴょん……」

身をよじらすと足を割って、そこにラメル様が入ってきた気配がしました。そのまま、ぬるりと乳首を刺激されながら、おへそをくすぐっていた手が下へと移動していきました。するりと下穿《したば》きに入った手はヒダをかき分けるように私の膣《なか》へと侵入してきました。

「いつもより、濡れるのが早いですね」

「ああうっ」

指が中で暴れ回って、クチャクチャと派手な音が立ちます。見えないことを補おうとするのか、やけに体が敏感になっていて、ラメル様が触れる場所、すべてに反応してしまいます。

「一度達しておきましょうね。トロトロの貴方は最高に可愛《かわい》いから」

その声で下穿きが片足から抜かれ、足が大きく割り開かれてしまいます。ぬるりとヒダに触れるのはきっと、ラメル様の舌で、目で見るよりも、それをされているところを想像する方が、ずっといやらしく感じてしまいました。

「ううんっ、ああっ」

ちゅぱちゅぱと音がして秘所の入り口にある粒が吸われているのがわかります。強い刺激に頭の中はその先の快感を得ることでいっぱいになってしまいます。

「ラメ、ラメルッ、ああっ」

「ほら、イって」

知り尽くした指は私の快感を簡単に引き出してしまい、私はすぐにラメル様の指と舌で達してしまいました。気持ちいいです、でも、やっぱりこんなのは嫌です。

「ラ、ラメル……」

「え？　フェリ？　泣いているですか？」

「お仕置きだって、わかっていますけど……でも、抱きつけないのも、貴方が見えないのも……辛《つら》いです……ぴょん」

目隠しされていた布が涙でにじんでいきます。

「少し、やりすぎました。……私に抱きつきたかった？」

布が取り払われるとラメル様の顔が見えました。いくら無表情だって、見えないと不安です。コクリと私が頷《うなず》くと手首を縛っていた布も取ってくれました。

「ラメル、ラメルっ」

両手を広げて体を起こすとラメル様をぎゅっと引き寄せて抱きしめます。

「フェリ……」

「ちゃんと、愛してください。反省、しますから。こんなのは嫌ですぴょん」

「ごめんね、あんまりにも貴方が愛《いと》おしくて」

「キスしてくださいぴょん」

「では、そのまま、繋《つな》がりましょうね」

お尻を持ち上げられて愛液でドロドロになったそこに、硬くて熱いものが一気に突き立てられました。欲しかったものを与えられてキュウキュウと膣《なか》がラメル様をしめつけてしまいます。

「んん、あああっ」

キスをしていた唇が声を上げるために離れます。全身、敏感になっていたためか、先ほど達したばかりなのに、挿入《い》れられただけで、ブルブルと震えてまた達してしまいました。

「フェリ？　え？　挿入《い》れただけで？」

今度は恥ずかしくて、涙がにじみます。耳まで赤くなって顔を反らすと、顎を引き戻されてキスをされます。

「ん……」

「敏感になっていますね……ああ、舌が熱い……」

「は、恥ずかしい、ぴょん」

「膣《なか》もトロトロで、とても、いい」

「はうっ」

ズチャ、と音がしてラメル様が腰を揺らします。満たされているだけで気持ち良くて、もう、どうしたらいいいかわかりません。

「私の上で踊りませんか？　ウサギさん」

「え？　ひうっ」

下から激しく突かれて、目の前がチカチカします。ラメル様の首に腕を回して、しがみつくと一旦離れた唇がまた塞がります。やっぱり、端正な顔が見えている方がいいです。愛しい、愛しい、旦那様です。

「気持ち、いいですよ。貴方は、凄《すご》く、いい……」

「愛してますぴょん」

「私も、愛してます、ああ。イキそう……」

「イって、ラメル。イって……ぴょん」

「くううっ」

膣《なか》に放たれて、快感が突き抜けました。体が熱くて、ぶるぶると震えます。なんだかいつもと感覚が違っていました。ハアハアと互いに息を切らしながらまたキスを交わしました。

見つめると、またラメル様が笑って、感動に震えてしまいました。


そうして帰りの二日間は、ほとんど、ラメル様に抱きつぶされてしまいました。地味に、精神にダメージがくる、この語尾『ぴょん』のお仕置き……。体と心の疲労がどっときました。

＊＊＊

リーズメルモに船が着いた時、船着き場にまで迎えに来ていたローダが私を見て走ってきました。どうやらお義母様《かあ》が連れてきてくれていたようです。

「かあさま！　かあさま！」

まだ、不安定に走ってくるローダを抱き上げます。ああ、やっと愛しい、この子の元へと帰ってこられたのです。小さな手はそれでも力強く、離さないと私を掴んでいました。

「ただいま、ローダ。遅くなってごめんさいね」

「かあさま、かあさま……もう、どこにもいかないで」

泣いてしまったローダに、私も、もらい泣きしてしまいます。どんなに、心細かったでしょうか。

ローダが少しでも安心できるようにギュッと抱きしめました。

「ローダ！」

後から来たラメル様もローダに声をかけ、手を広げました。

「……」

「……？」

あれ？　私がローダの体をラメル様に向けて抱っこし直すと、ローダがラメル様を見てから、私の胸に顔をうずめました。

「どうしたの？　ローダ、お父様よ？」

ひ、久々に会って、恥ずかしいのでしょうか……。

「ロ、ローダ？」

ローダに拒否されて、ラメル様の声が震えます。オロオロしながら見ているとローダの小さな手を誰かが掴みました。

「大丈夫だよ、ローダ。ローダのお父様だもの」

「レイ……」

私の腕から出ていこうとはしなかったものの、ローダがレイナード様の手を握りました。その様子を見るラメル様の顔は真っ青でした。

「毎日、レイナードがローダに会いに来ていたものねぇ……。イヤイヤ期か人見知り？　みたいなものかしら？」

「そ、そんな……」

お義母様の言葉を聞いてがっくりと落ち込むラメル様……思うようなローダとの再会とはならなかったようです。

——元気を出してくださいぴょん。

……私は心の中で、そう、ラメル様に声をかけました。

いいえ、決して。二日間、散々私を翻弄した仕返しをローダがしてくれたなんて、思っていませんからね。

その後、ラメル様の必死の努力で、また、以前のようにローダの『とうさまとけっこんしゅる』が復活したのですが……。

「かあさま、これ、よんで？」

「絵本？」

休日の朝食後にソファに座っていると、ローダが絵本を持ってきて、私に読んでくれとせがみます。

上目遣いが可愛すぎます。すぐにローダを膝の上に抱っこして、その前に絵本を広げました。

「今、子供たちの間で大変人気のある絵本なのですよ？　ローダ様もお気に入りなのです。奥様に読んでいただきたくて待っていらっしゃったのです」

「こ、これは……」

ニコニコと乳母のチェリカが私に教えてくれますが、手に取った絵本に私は眩暈《めまい》がしそうでした。

——ウサギのぴょんの冒険
膝の上に座ったローダが私を期待した目で見上げています。私は覚悟を決めて読み聞かせました。

「お、おてんばウサギのぴょんは、今日も元気におばあさんの家にいきました。『おばあさん、おはよう、ぴょん』……」

「おはよう、ぴょん！」

ローダが無邪気にそれを繰り返して口にします。

ふと、視線を感じて顔を上げるとラメル様がこちらを見ていました。地味に攻撃の手を休めない語尾『ぴょん』のお仕置き……。辛すぎます。

「偶然ですからね……」

そう言いながらも、楽しそうなラメル様の声を聞いて、恨めしく思いながら、その後も「かあさまにょんでほしいの！」というローダのリクエストで、何度も、何度も『ウサギのぴょんの冒険』を読まされた私でした。

――このお仕置きは、もう、二度と受けたくはありません、ぴょん！

あとがき

『姫様、無理です！2～畏《おそ》れながら、ご所望《しょもう》の偽護衛騎士は妻を溺愛しております～』を手に取っていただけて幸せです。少しでも楽しんでいただければ嬉しいです。

このシリーズは私にとって、どこまでもラブコメディです。楽しく、明るく、ラブラブを目指しています。今回、本国リーズメルモでは、例の事件のせいで、自分を卑下しがちのフェリが、ラメルの妻として自信を持てるようになれば、とお話をつくりました。もちろん、一巻ではお見せできなかったラメルのカッコいいところも盛り込んだつもりです。

彼らは、フローラ姫のとんでもない悪戯のせいで結婚する羽目になりましたが、相性もよく、幸せです。人と人が出会うのに、コンパだろうがお見合いだろうが、その出会いはきっかけでしかないと思います。両親や兄弟でさえ、いくつもの奇跡が重なっているのだと思います。それこそ、いい縁ばかりとは限りませんが、『運命』ですよね。本来なら身分違いで結ばれるはずもなかった二人が結婚し、互いを想いあって、事件解決に奮闘しながら成長していく様子を楽しんでいただけたらと思います。フェリはラメルの妻として自信を持ち、『魔王』の微笑みしか出来なかったラメルもフェリの為なら笑顔を会得してしまいます。

二巻はラブあり、陰謀あり、笑いありと盛りだくさんの内容になりました。フローラ姫のかわりにフーちゃんも大活躍です。

そして、なんと『姫様、無理です！』のコミカライズもして頂きました。こちらはゼロサムオンラインにて小神よみ子先生の手で素敵に描いて頂いています。フェリがなんともキュートですので是非ご覧になってみてくださいね。文章とはまた違ったフェリとラメルを楽しんでもらえたら嬉しいです。

最後に、二巻を書籍化して下さいました一迅社様、お話を考えるのに色々と助言をして下さった編集者様、誤字脱字だらけに負けずに頑張ってくださった校正様、素敵にデザインして下さったデザイナー様、いつも悶える神イラストを描いてくださった三浦ひらく先生など、関係者皆様に心より感謝いたします。

これからも楽しく執筆していきたいと思っていますので、応援していただけると嬉しいです。いつもありがとうございます。読者さま、大好きです。

竹輪

姫様《ひめさま》、無理《むり》です！2
～畏《おそ》れながら、ご所望《しょもう》の偽護衛騎士《にせごえいきし》は妻《つま》を溺愛《できあい》しております～

竹輪

2021年4月5日　初版発行

著者　竹輪

発行者　野内雅宏

発行所　株式会社一迅社
〒160-0022　東京都新宿区新宿3-1-13　京王新宿追分ビル5F
電話　03-5312-7432（編集）
電話　03-5312-6150（販売）
発売元：株式会社講談社（講談社・一迅社）

印刷・製本　大日本印刷株式会社

DTP　株式会社三協美術

装丁　AFTERGLOW

ISBN978-4-7580-9349-1

●この作品はフィクションです。実際の人物・団体・事件などには関係ありません。

MELISSA